www.tredition.de

AF185064

Frank Hönl, Birgit Granzow,
Tilmann Schipper, Geertje Wallasch,
Valerie Kreifelts, Karl Kreifelts,
Karlheinz Wende

Irgendwas mit Seele

Kurzgeschichtenanthologie

© 2019 Frank Hönl, Birgit Granzow, Tilmann Schipper,
Geertje Wallasch, Valerie Kreifelts, Karl Kreifelts,
Karlheinz Wende
Umschlag, Illustration: Gisela Schipper
Lektorat, Korrektorat: SatzZeichen

Verlag & Druck: tredition GmbH, Halenreie 40-44, 22359
Hamburg

ISBN
Paperback: 978-3-7497-9574-1
Hardcover: 978-3-7497-9575-8
e-Book: 978-3-7497-9576-5

Inhalt

Vorwort

Liebe ist …

… mehr als zwei Figuren in einer Karikatur mit kleinen Sprüchen darunter.

Mit dem Buchtitel ›Irgendwas mit Seele‹ umschifft SatzZeichen das Wort Liebe keineswegs. Das Cover zeigt mehr als deutlich, worum es den Autoren geht. Der Leser stellt schnell fest, die eigenen Erfahrungen der Autoren und die des Lesers finden sich in den Texten wieder. Egal ob Gedicht oder Prosa, die Vielfalt bringt den Unterschied.

Ursprünglich stand das Wort Liebe im Mittelpunkt der Überlegungen. Doch erschien SatzZeichen das Wort zu sehr strapaziert. Denn ganz gleich wohin der Blick fällt, das L-Wort taucht überall auf. Bei der Planung des Buches ging es auch nicht darum, ein bekanntes Thema zum x-ten Mal wieder aufzuwärmen. Den Mitgliedern von SatzZeichen war klar, dass die Liebe mehr ist als die Pauschalreise auf einem Traumschiff. Die Vielfalt wird von den Autoren aufgenommen und unterschiedlich interpretiert. Jeder Autor greift auf seine persönlichen Erfahrungen zurück. Gleich, ob es sich um Beziehungen zwischen den Menschen, zu Menschen oder jedem anderen Lebewesen, zu Orten oder Landschaften handelt. Der Spannungsbogen aller Formen von Liebesbeziehungen wird auch darin deutlich: Aus dem Titel des Buches verschwindet das Wort Liebe und wird durch das Wort Seele ersetzt.

Nichts wird dadurch fassbarer, nichts einfacher. Nach Auffassung der Autoren fasst das Wort Seele die Gefühlswelten der Protagonisten in den Erzählungen und Gedichten noch dichter zusammen. Der Leser wird nicht zu allen Figuren die gleichen

Beziehungen aufbauen wollen und können. In dem einen Text fragt er sich: ›Was hat das mit Liebe zu tun?‹. Ein anderer Text wird den Leser intensiv mitnehmen und möglicherweise ähnliche Gefühlswelten öffnen. Darin sieht SatzZeichen die Aufgabe ihrer Beiträge.

Wie auch immer der Leser die Texte empfindet, er wird sie für sich entdecken. Die Autoren hoffen darauf, dass es mit diesem Buch gelingt, die Seelenzustände rund um die Liebe interessant für den Leser zu beschreiben. Gelingt dies, so jubelt auch die Seele der Autoren und bestätigt ihnen ihre Liebe zum Schreiben von Texten.

Radio ... erreicht jeden (2)

von **Karl Kreifelts**

Hallo, Du am Radio,

Zahnarzttochter, 28, ordnungsliebend, katholisch, 1,74 m, solide, sucht auf diesem Wege Kontakt zu intelligentem männlichem Gegenüber. Bitte nur ernst gemeinte Antworten an WDR 2 oder an Blenda.Kiefer@zve.com !

Hier Kommandant Bwawaff vom Forschungskreuzer SIRIUS aus dem gleichnamigen Sonnensystem. Ich habe Ihre Nachricht über schwachfrequenten Normalfunk empfangen und hoffe, dadurch eine ziemlich genaue Beschreibung Ihrer Spezies erhalten zu haben. Unser Sprachentranslator konnte Ihre relativ primitive Sprache sehr schnell ausgezeichnet ins Sirische übersetzen, so dass ich nach kurzer Dechiffrierarbeit in der Lage bin, Ihnen zu antworten. Etwas überrascht bin ich, dass Sie in der Lage sind, die astrophysikalischen Besonderheiten eines Radiopulsators für die Kommunikation zu nutzen. Unser Technodetektor gab an, dass Sie dazu eigentlich erst in etwa 500 Jahren Ihrer Zeitrechnung in der Lage wären.

Wir sind mit der SIRIUS im äußeren Orionarm (wie Sie ihn nennen) auf der Suche nach intelligentem Leben unterwegs. Nachdem wir auf dem vierten Planeten Ihres Sonnensystems, den Sie Mars nennen, zwar eine intelligente, jedoch ausgesprochen aggressive Spezies von grünen Zwergen fanden, wandten wir uns lieber dem dritten Planeten, also Ihrer Erde, zu. Zu Ihrer Beruhigung ergaben unsere Berechnungen, dass diese Marsbewohner frühestens in 30 Jahren Ihrer Zeitrechnung in der Lage sein werden, die bemannte Raumfahrt zu erfinden.

In Ihrer Sendung geben Sie vor, die Tochter eines Zahnarztes zu sein. Ärzte beschäftigen wir auf unserer Heimatwelt ebenfalls; aber was um alles in der Welt ist ein Zahn? Und was macht ein Arzt damit?

Ich habe in unserer Datenbank nachgeforscht, dass unser Volk in grauer Vorzeit die Nahrung noch selber zerkleinert hat. Unser Kauapparat, den wir einmal besaßen, hat sich im Laufe der Jahrzehntausende zurückgebildet, nachdem wir dazu übergegangen waren, unsere benötigte Vitalenergie aus tragbaren Speichern zu beziehen, die wir einfach vor unser Gesicht halten. Nach Eingabe bestimmter Codezeichen erhellt sich das Display und führt uns die notwendigen Vitalenergien in Form von Datenströmen zu. Zur Übertragung dieser Energien entwickelten wir spezielle Programme, die wir in Anlehnung an unsere verloren gegangenen Organe lautmalerisch »Apps« nannten (nach dem Geräusch, das bei der antiken Nahrungsaufnahme entstand). Wir konnten allerdings über unsere Fernortung feststellen, dass Sie inzwischen über eine ähnliche Technik verfügen. Viele Ihrer Artgenossen bedienen sich eines ähnlichen Gerätes, um am Leben zu bleiben.

Es freut mich ungemein, mit Ihnen Kontakt aufnehmen zu können, da Sie — genau wie wir — auf Solidität großen Wert zu legen scheinen. Ich kann Ihnen versichern, dass Sie diesbezüglich bei uns an der richtigen Adresse sind. Wir besitzen eine fast unzerstörbare Körpermasse von ca. 2×10^3 kg / Person, das entspricht ca. $0,33 \times 10^{-21}$ des Gewichtes Ihres Planeten. In Bezug auf Solidität kann ich Sie also beruhigen. Ihre Körpergröße von 1,74 m gibt mir allerdings etwas zu denken. Der Meter entspricht auf Ihrer Welt dem 40.000.000sten Teil des größten Umfangs Ihres Planeten. Wenn wir richtig gerechnet haben, besitzt meine Besatzung demnach eine mittlere durchschnittliche Körpergröße von etwa 4,50 m, was auf unserem Planeten als nicht besonders sexy angesehen wird. 4,80 m darf es für einen stattlichen Sirianer schon sein! Aus Gründen der

Schonung der universellen Energieressourcen bauen wir nicht so große Raumfahrzeuge, sodass für Raumfahrer unseres Volkes eine Maximalgröße von 4,65 m eingeführt wurde. Aber unser oberstes philosophisches Prinzip stellt alle Lebewesen, die kleiner sind als wir selbst, unter unseren unbedingten Schutz. Und an uns muss man erst einmal vorbeikommen! Jedenfalls werden Sie auf einem unserer sechs Handteller bequem Platz finden.

Mit der Angabe ›katholisch‹ konnte unser Translator nichts anfangen. Alle Versuche, die wir unternahmen, das Wort einigermaßen vernünftigen sinnverwandten Begriffen unserer Sprache anzunähern, scheiterten. Es scheint wohl eine Eigenart Ihrer Spezies zu sein, bei fast völliger äußerlicher Gleichheit, künstliche Unterschiede hervorheben zu wollen. Sie nutzen ja sogar farbliche Spielarten der Natur für die Rechtfertigung zur Bildung von Populationsgruppen, trotz nachweislicher Existenz von mehr als 99% Übereinstimmung der Genome dieser Gruppen. Ganz helle Exemplare Ihrer Gattung werden nicht richtig ernst genommen, und die ganz Dunklen von Ihnen versuchen Sie, in kontinentale Reservate einzusperren. Eine bessere Durchmischung hätte doch eine viel größere Genvielfalt und damit schnellere Evolution zur Folge. Das erste Galaktische Gebot verbietet uns jedoch, uns in Ihre inneren Angelegenheiten einzumischen, daher möchte ich mich für meine vorangegangenen Bemerkungen entschuldigen für den Fall, dass ich Ihren Stolz zu sehr verletzt haben sollte.

Ihre letzte Angabe besagt, dass Sie 28 sind. Ich hoffe, dass Sie an einer freundlichen Kontaktaufnahme auch dann interessiert sind, wenn wir eingestehen müssen, dass wir an Bord der SIRIUS nur ein Raumfahrerkollektiv von lediglich 16, allerdings im Umgang mit Fremdintelligenzen sehr erfahrenen Sirianern darstellen. Über alle 24 Daumen gerechnet wiegen 28 von Ihnen zusammen so viel wie einer von uns. Unsere Individualtaster haben angemessen, dass es von Ihrer Spezies ca. $7*10^9$ Exemplare gibt, was das Verhältnis wieder zu Ihren Gunsten verschiebt. Grund genug für uns also, etwas länger auf Ihrer gastlichen Welt verbringen zu dürfen.

Ich bitte also im Namen der Besatzung und des Heimatrudels darum, Ihre Welt betreten zu dürfen. Ferner bitte ich um die Zuweisung eines Landeplatzes. Unser Schiff benötigt dazu etwa eine Fläche von 2 x 2 km. Der Untergrund ist durch unsere Landung nicht gefährdet, da wir mit unseren Maschinen die Schwerkraft regulieren und das Gewicht unserer SIRIUS zwischen dem -500 und +25fachen Wert der Erdanziehungskraft einstellen können.

In der Hoffnung auf eine fruchtbare Zusammenarbeit unserer Völker und in Vorfreude auf unsere persönliche Begegnung

grüße ich Sie freundlich

Ihr Bwawaff, Kommandant der SIRIUS

Liebe auf den ersten Blick

von Karlheinz Wende

Kann es ein gutes Geschäft sein, einen offensichtlich verwahrlosten zweijährigen Hund zu kaufen?

Kann es ein gutes Geschäft sein, einen offensichtlich verwahrlosten zweijährigen Hund zu kaufen, dessen Verhalten genauso verdorben zu sein scheint, wie sein derzeitiges Äußeres?

Kann es ein gutes Geschäft sein, für einen solchen Hund auch noch einen recht hohen Preis zu bezahlen?

Alles sprach dagegen und auch alle, die in diesen Vorgang etwas Einsicht bekommen hatten, sprachen dagegen.

Und dennoch wurde dieses Geschäft vielleicht zu einem der besten meines Lebens. Es lässt sich nicht alles in Mark und Pfennig oder Euro und Cent aufrechnen. Zufriedenheit, Glücksgefühle und Liebe stehen bei Rechnungen dieser Art eben immer außen vor. Aus Cit de l´origine de faucon rouge wurde mein Mäuschen und ich durfte miterleben, wie aus Aschenputtel die Prinzessin wurde.

Eine Granate von Schutzhund hatte aus ihr werden sollen und die Anlagen dazu waren auch vorhanden. Aber Menschen, die ihr Ego durch Erfolge im Hundesport aufpolieren wollen, verlieren, wie oft genug in der ›Szene‹ zu beobachten, die Realität aus den Augen.

Der Satz von Jan Fennell fasst die Form der ›Ausbildung‹, die diese Hündin in den ersten zweieinhalb Jahren ihres Lebens ›genossen‹ hatte, zusammen:

Was mit Gewalt erreicht wird, kann nur mit Gewalt bewahrt werden!

An anderer Stelle habe ich viele Seiten über die Folgen dieser sogenannten Ausbildung geschrieben, deshalb möchte ich es hier nicht wiederholen.

Wenn Erfolge sich dann nicht einstellen, ist diesen Leuten ein solcher Hund nichts mehr wert, außer dem Versuch, ihn noch möglichst teuer zu verkaufen.

Alles sprach gegen die Anschaffung dieses Hundes, zu dem ich auf etwas verschlungenen Pfaden gefunden hatte.

Hinterhofmilieu, eine etwas heruntergekommene kleine Autowerkstatt, daneben eine Brachfläche, übersät mit Autowrackteilen, verrostenden Rohren, halb verfaulten Brettern und einer Menge Unrat und Gerümpel, das auf den ersten Blick nicht identifizierbar war, weil es von Unkraut überwuchert und von Buschwerk verdeckt wurde.

Die Freifläche vor dem großen Garagentor war unregelmäßig gepflastert, Pfützen vom letzten Regen in den Absenkungen, Öllachen reflektierten schillernd das Sonnenlicht, das sich an diesem Novembernachmittag durch den wolkenverhangenen Himmel kämpfte. Zwischen den Ritzen der Steine quetschte sich Moos hindurch und begann, sich auf den weniger betretenen Flächen auszubreiten.

Die Garage schien geschlossen zu sein, kein Licht, keine Geräusche, die auf Arbeit schließen ließen. Von den Wänden des Hauses blätterte die Farbe, der schadhafte Putz gab an vielen Stellen den Blick auf das nackte Mauerwerk frei.

An der Seite, in den Windschatten des Gebäudes geduckt, drei Hundezwinger, jeder circa zwei mal zwei Meter groß, grob aus fingerdicken Eisenstangen zusammengeschweißt.

Plötzlich schoss aus der aus rohen Brettern gezimmerten Kiste rau und wütend kläffend ein Tier hervor, sprang hektisch und wild an den Gittern hoch, entblößte die respekteinflößenden Fangzähne. Sein rötlich-braunes Fell war stumpf, ein wenig struppig, die Rippen standen weit hervor, es sah abgemagert und ungepflegt aus.

Aber die Augen! Kurze Zeit später wusste ich, dass sie wunderschön bernsteinfarben leuchten.

Jetzt sah ich sie — selbst auf diese Entfernung — nur blitzen.

Wer diesen Blick gesehen hat, musste sich in des Wortes ursprünglicher Bedeutung ›augenblicklich‹ sicher sein, dass dahinter ein wacher, aufmerksamer, intelligenter Geist steckte.

Vermutlich gerade wegen dieses Hundes, angeblich ein reinrassiger Malinois mit gutem Stammbaum, war ich wohl hierhergekommen. Allerdings hatten die Schilderungen, die ich gehört hatte, ein gänzlich anderes Bild in meinem Kopf entstehen lassen.

Und nun stand ich hier, auf dem Hof einer maroden Werkstatt in einem Szenario, das an Amerika zur Zeit der Prohibition erinnerte. Vermutlich gehörte sie dem Mann, der mir als »Händler« benannt worden war.

Zwanzig Schritte entfernt von mir tobte eine Hündin in verdrecktem, viel zu kleinem Zwinger, eine Hündin, die als zierlich, drahtig, ungemein triebig und gut ausgebildet beschrieben worden war. Bei genauerem Hinhören hätte ich die vorsichtigen Andeutungen ›zwischen den Zeilen‹ von einem nicht optimalen Vorleben verstanden.

Wenn ich mich jetzt umgedreht hätte und wäre gegangen, wäre mir in den nächsten Monaten viel erspart geblieben, viel Arbeit, viele Sorgen, viele strapazierte Nerven und auch einiges an Geld.

Aber viel mehr und viel Wesentlicheres wäre mir entgangen.

Unschlüssig stand ich auf dem Garagenhof.

»Kommst du wegen der Hündin?«, wurde ich durch die Stimme eines jüngeren, untersetzten Mannes aus meiner Lethargie gerissen.

Etwas irritiert zeigte ich nur fragend mit ausgestrecktem Arm auf den Zwinger.

»Ja klar, 'ne andere hab ich im Moment nicht! Kuck se dir mal an! Die ist klasse!«

Bevor ich verstand, was geschah, öffnete er den Zwinger.

Der Hund schoss heraus, stellte das Bellen ein, drehte in atemberaubendem Tempo einige Runden um den Hof und raste dann gezielt auf mich zu.

Angesprungen, eventuell auch gebissen zu werden, war das, was ich in diesen Sekundenbruchteilen befürchtete.

Kurz vor mir bremste sie ab, stoppte und blieb in einer Armlänge Abstand vor mir stehen, legte die Ohren an, klemmte die Rute ein und blickte mich aus ihren ausdrucksvollen Augen an.

Vorsichtiges, zaghaftes Näherkommen, bis ihr Kopf fast meinen Oberschenkel berührte.

Etwas zögerlich streckte ich meine Hand aus, um ihr ein Schnuppern daran zu ermöglichen. Unwillkürlich nahm ich die linke, weil auf die notfalls für einige Zeit besser zu verzichten ist als auf die rechte.

Ich hörte ihr kurzes, stoßweises Einatmen. Vermutlich konstatierte sie gerade, dass bei mir zuhause ein kräftiger Rüde im besten Mannesalter residierte.

Vorsichtig wanderte meine Hand unter ihren Fang, was sie wohlgefällig akzeptierte und sich näher an mich heran schob.

Hunde soll man nicht anstarren, weiß fast jedes Kind, weil es als Dominanzgeste empfunden wird.

Ich starrte diesen Hund an, auch noch unverwandt in die Augen, von denen ich mich nicht lösen konnte.

Und die Hündin hielt diesem Blick stand, blickte auch mich an, nicht herausfordernd, nicht aggressiv, aber von treuem Hundeblick zu sprechen, hätte ich geradezu als Entweihung angesehen.

Die ganze Seele dieses Tieres breitete sich für mich in diesem Moment in seinen Augen aus.

Liebe auf den ersten Blick!

Weiß

von Frank Hönl

»Können Sie mir Ihren Namen sagen?«

Weißes Licht verdrängte das Schwarz. Hatte sie sich darauf zu bewegt oder war es zu ihr gekommen? Jetzt war es überall. Geräusche drangen gedämpft an ihr Ohr. Sie spürte Berührungen. Aus dem Weiß arbeitete sich eine Kontur heraus. Sie skizzierten das Gesicht einer jungen Frau.

»Ih — ren Na — men!«

Die sanfte Stimme legte sich wie eine schützende Decke um sie. Wärme stieg in ihrem Körper auf, befeuert durch ausgeschüttetes Adrenalin, dass den Strom des Lebens in Gang setzte.

»Ba — bette«, sagte sie dünn.

Es war mehr ein Reflex, als eine bewusste Antwort. Ein Fragment des Wissens, das irgendwo abgespeichert war.

»Wie viele Finger?«

Vor ihrem Gesicht bewegte sich eine Hand von einer Seite zur anderen. Sie versuchte zu folgen, zu fixieren. Als ihre Lippen gerade ›zwei‹ formten, setzte ein heftiger Würgereiz ein. Ihr Oberkörper schnellte hoch. Ihr Magen verkrampfte und sie riss den Mund weit auf. Es fühlte sich an, als ob eine Explosion ihre Eingeweide nach außen sprengte, doch sie brachte nichts heraus. Hände drückten sie zurück.

»Bleiben Sie liegen!«

Etwas wurde an ihren Mund gesetzt. Kühles Wasser lief angenehm in ihre Kehle und spülte den schlechten Geschmack mit sich. Gierig begann sie zu schlucken.

»Langsam. Bleiben Sie ganz ruhig. Das geht vorüber«, beschwichtigte die Stimme, »ganz ruhig.«

Erneut krampfte es in ihrem Magen.

Die Quelle versiegte.

»Das reicht! Geben Sie ihr später noch was!«, ordnete die Stimme an.

Weit entfernt, nahm Babette einen Stich in ihrem Arm wahr. Das Gesicht über ihr lächelte, dann wich das Weiß und die Schwärze kehrte zurück.

Das alles war eine gute Woche her. Ihr ging es jetzt besser, zumindest was das Körperliche anging. Sie saß, mit einem Hosenträgergurt an einen bequemen Loungesessel gesichert, in einer der Null-Schwerkraft-Sektionen. In den Gravitationsgondeln, die sich permanent um die Schiffsachse drehten, um künstliche Schwerkraft zu simulieren, wurde ihr schnell übel. Wenn man durch eines der Fenster nach draußen sah, zogen die Sterne vorbei. Sie fühlte sich dort wie in einem Karussell. Hier, nahe der Mittelachse des Schiffes, stand alles still. Bei verschiedenen Einweisungen war sie darauf hingewiesen worden, viel Zeit in den Gondeln zu verbringen. Schwerelosigkeit war eins der großen Probleme in der Raumfahrt geblieben, selbst zweihundertfünfzig Jahre nach der ersten Mondlandung. Babette hielt sich jedoch nur zu den vorgeschriebenen Trainingseinheiten in ihnen auf.

Draußen strahlte eine unglaublich weiße Sonne durch die Filter der Hightechfenster ins Raumschiff und gab den sterilen Räumlichkeiten einen halbwegs freundlichen Glanz. Alles war weiß. Die Wände, die Böden, Kleidung, Tische, Weißtöne so weit das Auge sah. Eine hygienische und unschuldige Farbe, die den Neuanfang visuell unterstrich.

Sie betrachtete ihre Hände. Die Hände am Ende der Arme, die sie noch nicht als die ihren erkannte. Es waren ihre. Jedes Detail stimmte. Lange hatte sie vor dem Spiegel gestanden. Die

Sommersprossen, das kleine Grübchen am Kinn, die zarten Falten unter ihren Augen. All das war sie, jedoch konnte sie keine Verbindung zu ihrem Körper herstellen. Es kam ihr vor, als blicke sie durch eine Kamera, von einem entfernten Ort auf ihr Passfoto. Als bewege sie ihre eigene Handpuppe. Vielleicht waren es aber auch nur die Nachwirkungen ihres Aufwachens. Aus irgendeinem Grund war etwas schiefgelaufen. Es war ihr erklärt worden, doch sie hatte die Einzelheiten nicht verstanden.

»Der Vorgang ist eigentlich ganz einfach. Sie müssen sich diesbezüglich keine Gedanken machen. Alles ist nahezu hundert Prozent sicher und getestet.«

Sie dachte an ein Gespräch mit einem der Ärzte, ein paar Tage vor dem Abflug.

»Die Reise bis nach Procul wird viele Jahre dauern. Es ist nicht möglich die ganze Besatzung, ja nicht mal einen einzigen Menschen, solange am Leben zu erhalten. Alleine die Versorgung wäre«, seine Augen rollten theatralisch nach oben, »vollkommen undenkbar.«

Er drehte den Computerbildschirm auf seinem Schreibtisch in ihre Richtung. Rotes Haar. Der Mann hatte feuerrotes Haar gehabt. Sie erinnerte sich, als wäre es gestern gewesen. Und, in der Tat, für sie waren wirklich erst wenige Tage vergangen. Doch für ihn, wenn er sich nicht auf einer ähnlichen Reise befand, war sein Körper längst zu Staub zerfallen.

Er wies auf die grafische Simulation.

»Aus diesem Grund machen wir einen kleinen Umweg.«

Er deutete einen Spalt zwischen Daumen und Zeigefinger an.

»Zunächst erstellen wir eine exakte Kopie ihrer gesamten Erinnerungen. Sozusagen ein Backup.«

Auf dem Bildschirm sah Babette, wir aus dem Kopf eines rudimentär angedeuteten Menschenkörpers, Daten in Form von grafischen Wellenmustern auf ein Speichermedium transferiert wurden.

»Ihr Wissen, Ihre Erfahrungen, alles was sie sind, wird dort abgelegt.«

»Alles — was ich bin«, war es ihr durch den Kopf gegangen.

War es möglich, das zu tun? Alles was einen Menschen ausmachte, digital abzuspeichern und bei Bedarf hervorzuholen. Ein ganzes Leben in Nullen und Einsen? Was war mit ihrer Seele? Gab es die überhaupt?

»Wenn Sie in der neuen Welt ankommen, genauer gesagt ein paar Wochen vorher, passiert der gesamte Vorgang rückwärts.«

Diesmal wanderten die Wellen in die entgegengesetzte Richtung. Er drehte den Bildschirm wieder aus ihrem Blickfeld.

»Aber wie ...«

Er erriet ihre Frage.

»Es wird natürlich nicht mehr dieser Körper sein«, er nickte in ihre Richtung.

»Aber keine Sorge«, er hob die Hände, »sie werden keinen Unterschied merken. Alles wird stimmen. Bis aufs Haar sozusagen.«

Er lächelte künstlich. Ein solches Gespräch war für ihn zur Routine geworden.

»Es wird ein neuer Körper sein. Genauso alt, so groß, mit der gleichen Augen- und Haarfarbe.«

»Mein neuer Körper?«

»Ja«, antwortete er so beiläufig, als wäre er nach dem Wochentag gefragt worden.

»Ihr genetischer Code liegt uns vor. Noch im Raumschiff wird ein Klon von ihnen und den Anderen heranwachsen. Alles voll automatisiert. Die Genetik hat auf diesem Gebiet wahre Wunder vollbracht. Anschließend nehmen wir den Transfer der Engramme vor. Zunächst die Besatzung, dann nacheinander die Passagiere. Es wird wie Aufwachen für sie sein.«

»Und was passiert mit …?«, sie stockte.

»Seien Sie unbesorgt. Outer Space Industries garantiert, dass Ihr biologisches Grundmaterial nicht weiterverwendet wird. Außerdem sind wir dazu verpflichtet ihre Engramme, nach erfolgter Prozedur, zu löschen. Wir garantieren, dass Ihr genetischer Code, und Ihr jetziger Körper, nicht zu anderen Zwecken verwendet wird.«

Babette kniff die Augen zusammen. Sie fühlte sich fremd. In diesem Körper, in diesem Schiff, an diesem Ort. Die Entscheidung war unumkehrbar getroffen. Sie hatte die Reise in eine neue Welt aus freien Stücken angetreten. Oder war es eine Flucht? Eine Flucht vor der Eintönigkeit auf einem sterbenden Planeten für die, die es sich leisten konnten oder beim Aufbau einer Gesellschaft gebraucht wurden. Eine Flucht vor ihrem alten Leben, vor Rick, vor ihren Eltern? All das war nun so unendlich weit weg.

»Ist hier noch frei?«

Babette zuckte leicht zusammen. Neben ihr schwebte ein Mann in der Schwerelosigkeit und hielt sich an der Lehne des Sessels neben ihr fest.

»Ja«, antwortete sie.

Er bugsierte sich umständlich neben sie und schnallte sich fest.

»Ganz schön aufregend das Ganze.«

Babette schwieg und sah ihn nur an.

»Mein Name ist Hendrik, Hendrik van Saalen.«

Er hielt ihr seine Hand hin.

»Babette Prill.«

Es war das erste Mal, dass sie jemanden bewusst berührte, seit sie hier waren.

»Ich habe einen guten Platz gesucht«, fuhr er fort.

»Wofür?«

Er blickte sich forschend um.

»Na, wenn ich mich nicht täusche, sollte man von hier aus einen guten Blick auf unser neues Zuhause haben. Wir werden gleich in den Orbit von Procul einschwenken. Wer weiß, ob ich den Planeten noch mal aus dem Weltraum zu sehen bekomme. Das möchte ich nicht verpassen.«

Er lächelte und es tat gut. Ein neues Zuhause. Seitdem sie in diesem Körper steckte, waren ihre Gedanken in die Vergangenheit gerichtet. Seltsam, mit der Zukunft hatte sie sich nicht beschäftigt.

Er musterte sie.

»Sie wirken nicht gerade, als …«, er schien nach den richtigen Worten zu suchen, »als würden Sie sich freuen, hier zu sein.«

Babette wandte sich dem Fenster zu.

»Beschäftigt Sie nicht, was sie zurückgelassen haben? Was mit uns passiert ist?«

»Doch«, antwortete er gedehnt.

»Wie geht es ihnen damit?«

Sie hielt ihren rechten Arm in die Luft.

»Ich glaube, wie den meisten hier. Ungewohnt würde ich sagen.«

Sie ließ den Arm wieder fallen.

In diesem Moment schob sich Procul ins Sichtfeld. Er lag zu zwei Dritteln auf der Schattenseite, doch man konnte bereits erkennen, dass nicht die blaue Farbe überwog. Tausende Türkistöne spiegelten sich im Licht des erwachenden Tages.

»Unbeschreiblich schön, nicht wahr?«, fragte Hendrik.

»Ja«, entgegnete Babette.

Der Anblick des Planeten setzte in ihr ein Gefühl frei, dass man mit Zufriedenheit beschreiben konnte. Sie sog tief Luft in ihre

Lungen, als würde sie bereits auf einer Lichtung auf der Oberfläche stehen.

»Wissen Sie«, er legte seine Hand behutsam auf ihren Unter-arm, »ein schlauer Mensch hat mal gesagt ›Ich interessiere mich für die Zukunft, denn in ihr gedenke ich zu leben‹ «

Sie sah ihn an und ihre Blicke trafen sich. Vielleicht sollte sie wirklich? Babette dachte darüber nach. Vielleicht sollte sie von nun an ihren Blick nach vorn richten?

Puppeteer's Delight

von Valerie Kreifelts

Langsam wurde ich nervös. Es gab eigentlich keinen Grund, hatten wir es doch schon gefühlte hunderttausend Mal gemacht. Aber dennoch packte es mich auch jetzt wieder.

Ich sah ein letztes Mal in den Spiegel und rückte den schwarzen Anzug zurecht, dann stand ich auf und atmete tief durch. Du kennst das doch., sagte ich mir. Aber jedes Mal kam es zurück, dieses undefinierbare Gefühl. Es begann in den Eingeweiden, erst ganz sachte; als hätte man schlicht keinen Hunger. Dann wurde es körperlich, wie kleine Mücken, die im Bauch herumtanzten. Und irgendwann wurden die sprichwörtlichen Schmetterlinge daraus.

Es war nicht nur die Tatsache, dass ich da raus musste, in die Öffentlichkeit. Das hatte mir schon immer ein wenig Angst gemacht. Denn sie würden mich alle anstarren. Das war immer so. Nein, es war auch die Tatsache, dass ich mit ihr dort hinausging. Sie war es, die die Schmetterlinge hervorlockte, dass mir beinahe übel wurde. Und dennoch — ich würde es wieder und wieder tun. Mit ihr an meiner Seite verblasste ich ganz und alle sahen doch nur sie an. Wenn wir zusammen tanzten, verschwand ich, wurde eins mit ihr, es gab kein besseres Gefühl. So konnte ich die Menschen da draußen ertragen.

Ein allerletztes Mal zupfte ich meine Frisur zurecht und griff dann nach meinen Handschuhen. Auf dem Weg zur Tür streifte ich sie über und bemühte mich, ruhig zu bleiben. Ich wusste, wenn ich dann endlich zu ihr trat, war alle Aufregung vergessen. Jetzt ging es nur noch um ein paar Schritte.

Vor der Tür wurde ich bereits erwartet, abgeholt und bis vor die Tür gebracht. Niemand sprach ein Wort — ich musste mich konzentrieren, damit die Aufregung nicht zu groß wurde. Im Kopf ging ich jeden Schritt nochmal durch, während meine schwarzen Schuhe sich fast wie von allein nach draußen bewegten. Ich war nie gut darin gewesen. Hatte viel üben müssen, damit es nicht mehr nach Arbeit aussah. Doch noch immer brauchte ich eine gewisse Ruhe, bevor ich mich zu den Menschen da draußen wagte. Ein falscher Schritt könnte fatale Folgen haben. Doch ich wusste, dass mir mit ihr an meiner Seite nichts geschehen konnte. Sie verzieh kleine Stolperer immer sofort – und glich sie fast von alleine aus. Es fiel niemandem auf. Erst sie machte mich komplett.

Und dann war sie da; die letzte Tür. Es konnte losgehen. Sobald ich dort hindurchging, konnte der Tanz beginnen. Alle warteten nur noch auf mich. Jemand zupfte einen Fussel von meiner Schulter und flüsterte: »Viel Vergnügen«; und dann war es so weit. Ich trat ein und dort war sie. Wartete bereits auf mich. Hallo, meine Schöne. Die Aufregung veränderte sich schlagartig — von blanker Nervosität zu Schmetterlingen. Warme, freundliche Schmetterlinge breiteten sich aus und jetzt wusste ich wieder, warum ich jedes Mal wieder hinaus zu den Menschen ging. Es füllte mich aus.

Als das Licht erlosch, griff ich nach dem Spielkreuz und stellte mich bereit. Das war alles, was ich wollte. Der Vorhang öffnete sich, der Spot brandete auf und ich verschwand — und sie begann zu tanzen.

Gedichte

von Karl Kreifelts

Rotkehlchen

Rotkehlchen singt in den Fliederzweigen,
die anderen ergriffen schweigen,
bis auf die kummerlosen Amseln;
die singen selbst noch, wenn sie ramseln!
Rotkehlchen für den Rotkehl singt,
der ihren Schnabel zart umschwingt.

Zaunkönig

Des Zaunes unbestritt'ner König
singt furchtbar laut und gar nicht wenig.
Er baut für seine Liebesschwester
genau ein halbes Dutzend Nester,
von denen er nur eins bethront
und mit Familie bewohnt.

Emu

Der Emu schreitet durch die Steppe
mit Federkleid in seiner Schleppe.
Der Vogel ist so schwerbebaucht,
dass er zum Fliegen gar nicht taucht. (pardon)
So landet er auf keiner Dolde:
er fliegt nur sehr auf seine Holde.

Lerche

Vor einer vollbesetzten Kerche
wartet hoffnungsfroh die Lerche
auf ihren schmucken Bräutigam,
der allerdings nicht pünktlich kam.
Trotzdem ist sie — wie ich glaube
inzwischen fest unter der Haube!

Natürlich Liebe

von Geertje Wallasch

Sie umklammerte das Messer mit ihrer rechten Faust, als wenn sie einen Stock hielt, mit dem sie einen Berg bewältigen wollte. Hier war nichts zu bewältigen. Eher das Gegenteil war der Fall. Hier konnte sie sich fallen lassen. Traute Zweisamkeit gepaart mit einer leichten aufgeregten Note. Sie kannten sich noch nicht lange und doch fühlte es sich so an, als wenn sie schon länger gemeinsam tanzten zu einer geheimen Melodie.

Alice und Birger waren sich bei einer Disco nähergekommen. Im Tanzschritt wirbelten sie über die glatte Fläche des Tanzbodens. Die Lichter ließen ihre Gesichter immer wieder anders aussehen und machten sie zu einer mystischen Wirklichkeit. Sie glaubte, sie träume einen Film. Weiter tanzen, immer weiter. Sonst wäre er vorbei, der getanzte Traum. Doch er hielt, was er versprach.

Sie träumte mit dem Messer in der Hand zu einer Faust geballt. Sie stach zu. Genau die richtige Stelle hatte sie getroffen. Sie biss zu. Sie knabberte an ihrem Stück, das Birger aus der Dose mit einer Sorgfalt herausgeschnitten hatte, die sie bewunderte. Diese Geduld. Die andere Hälfte des Frühstücksfleischs steckte auf einem Messer, das er ähnlich wie sie in der Hand hielt und einen herzhaften Biss tat. Sie biss ein weiteres mal zu und löffelte dabei die Kidneybohnen aus der Dose, die sie gerade geöffnet hatten. Die Bohnen passten gut zu dem Fleisch, fand Alice. Sie fühlte sich wie in der Prärie im Wilden Westen in den Filmen, die sie sich gerne ansah. Abenteuer.

Sie fuhren mit Birgers Moped durch die Gegend. Erkundeten Landschaften, die Natur und sich selbst. Erfuhren etwas vom anderen. Die Küsse unterstrichen das Gesagte und waren wichtiger als die ausgetauschten Worte. Hier, auf einer Bank, auf der sie saßen. Erzählten. Den Rhein hinunterschauten, hinauf. Ihre Blicke trafen sich. Mal flüchtig. Mal sehr intensiv. Sie küssten. Sie erzählten. Über das Leben. Ihr Leben. Erkundeten ihr Gegenüber und schauten sich an.

Schauten auf die Landschaft, die an ihnen vorüberflog, als sie wieder auf dem Moped saßen. Alice liebte die Natur und vielleicht ja auch ihn. Birger. Er roch gut. Sie atmete ihn ein, seinen Geruch, inhalierte ihn, wie man wohl Zigaretten rauchte. Davon verstand sie nicht viel. Ihr Vater hatte es ihr erlaubt. Zu Probieren. Ne Zigarette. Uninteressant. Sie inhalierte. Durch das blaue Frotteehemd, das er trug, nahm sie seinen Geruch intensiv wahr und genoss es, umschloss mit beiden Armen seinen Körper, auch um nicht vom Rücksitz des Mopeds zu gleiten. Sie hatte noch nie auf einem Moped gesessen. Birger hatte sein Moped schon eine Weile, wie er sagte. Er fuhr gerne damit. Mit ihr vielleicht auch.

Im Gelände

Endlich hatte Alice die Stelle in dem Wäldchen nahe des Strandes erreicht. Bei der Hitze in diesem Sommer freute sie sich auf das schattige Plätzchen. Ruhe. Ruheraum. Außer der Stille hörte sie nur das Trällern, Käckern, Singen der Vögel. Dann wieder auch diese nicht. Ruhe. Die rollenden, rauschenden Wellen der Ostsee hörte sie leise im Hintergrund. Die Ostsee hatte seltener als die Nordsee einen hohen, lauten oder gar stürmischen Wellengang. So erlebte Alice es in den vergangenen Jahren.

In das Buch eintauchen, das auf ihren Knien lag. Darauf hatte sie sich gefreut. In einer Gegend, die sie liebte. Umgeben von den Windflüchtern, den Kiefern und deren würzigen Duft. Sie las, lauschte, schaute, las. Hier war alles flach, sie liebte diese sichtbare, fast greifbare Weite, und doch war alles oberflächlich, weil sich die Details verwischten, je weiter weg das Gelände sich in der Weite verlor. Durch das Buch von Esther Kinsky, das Alice las, waren hier nun auch Berge und Täler. So vermischte sie ihre Wirklichkeit mit der Fantasie, die ihr das Buch schenkte. Das passierte Alice ständig. Mitten im Alltag befand sie sich in einer Geschichte, die sie dachte oder schrieb. So ging es ihr auch gerade hier. Sie schaute nicht mehr in das Buch, nahm ihre Umgebung nicht mehr wahr, hatte die Berge, Täler und Höhen in dem Geländeroman vergessen. Sie schrieb weiter an ihrer Geschichte. Einige Fragmente lagen zu Hause auf dem Schreibtisch oder waren bereits in den Laptop getippt.

Sie kramte ihr Notizbuch hervor. Wichtige Szenen, Ereignisse, Vorfälle, die ihr im Kopf herumspukten, mochte sie nicht vergessen. Ah, diese Formulierung durfte sie auf keinen Fall vergessen: die Hühner in ihrer mäßigen Aufgeregtheit.

Hoffentlich kam Birger nicht so schnell wieder. Sie war gerade in einem Flow. Aber der Junge war bestimmt noch mit seinem Fuchs beschäftigt, hoffentlich hatte er einen erwischt. Wenn es eine gute Aufnahme war, und Birger machte gute Bilder, hatte sie gleich auch etwas für ihre Blogposts. Die Menschen liebten immer mehr die Bilder. Worte waren eher zweitrangig, was sie nicht recht zu begreifen vermochte. In den Worten beim Lesen durch die eigene Fanatasie Bilder entstehen zu lassen: das war manchmal spannender als sich durch Bilder, die einem geboten wurden, sofort in eine vorgegebene Richtung schubsen zu lassen.

Egal, sie packte Gelegenheiten beim Schopf, war nicht fokussiert auf bestimmte Dinge. Das war, als wenn sie sich im Gelände befand. Egal, ob im Buch oder so wie hier an dieser Stelle auf dem söten Länneken beim Süder.

Im Gelände brauchte sie kein Geländer. Diese Landschaft trug. Sie ritt auf Wellen, die sich ihr anboten. Sie stand im Wasser, sah zum Strand, zu den Kiefern, hatte den Süder im Blick. Eine Welle schubste sie, nahm sie auf, und sie schaute in den Himmel. Das Gelände setzte sich dort fort. Sie brauchte kein Ziel, sie ließ sich finden. Manchmal. Immer öfter.

Das war ein Gelände, wie Alice es verstand. Ein Gelände mit all seinen Strukturen und Unwägbarkeiten. Manches entdeckte sie erst später, wenn sie sich aufgemacht hatte zu Orten, in Räume. Erst dann entschied sie, ob sie weiter ging. Sie empfand es so wie Esther. Ein Gelände war nicht so festgelegt wie eine Landschaft. Der Begriff Gelände weckte weniger Erwartungen, war offener.

So wie ein Lebenslauf, ihr Lebenslauf sich erst offenbarte, wenn sie weiter ging. Dieses unberechenbare Gelände erzeugte eine gewisse Spannung. Ohne direktes Ziel unterwegs pflückte sie die eine oder andere Blume. Freute sich daran oder machte etwas daraus. Sie wandelte weiter, orientierte sich immer wieder neu im gangbaren oder auch unwegsamen Gelände.

Inselbänke

Sie war allein unterwegs an der Wasserkante entlang, das Rauschen des Meeres war ihr Begleiter. Ab und zu hielt sie an, drehte den Kopf zum Horizont und suchte die Ewigkeit. Sie ging weiter. Meistens barfüßig. Entweder auf dem harten, glatten, goldgelben oder schmuddelig verteerten Sandabschnitt direkt an der Wasserkante oder durch das Wasser bis zu den Knien umspült. Der Strand war eigentlich eine Sandbank. Dort. Wo er sich an die Insel angeschmiegt hatte. Der Kniep.

Hier. Dieses war ihre Lieblingsbank. Die wievielte? Egal. Dieser Blick. In die Weite. Diese weiträumigen Blicke. Wer liebt sie nicht, ging es Alice durch den Kopf. Und überhaupt hier: diesen einmaligen Inselblick. So nannte sich die Stelle auf dieser Insel im Osten. Hier war sie auch mit sich selbst unterwegs, mit und in der Natur. Hier genoss sie diesen besonderen Blick. Und schaute auf das Meer. Die Ostsee.

Sie war vom Inseldorf hinaufgegangen. Zum Dornbusch. Und nun saß sie hier und konnte sich nicht trennen. Von diesem Augenblick. Im Westen die See. Im Osten der Bodden. Das hatte sie sich für den nächsten Tag vorgenommen. Über den Altbessin, der mit seinem langen Arm ähnlich wie der Neubessin etwas nördlicher mitten durch die Boddenlandschaft führte. Dort war man oft wirklich ganz allein unterwegs mit einer Stille, die man heute nur noch selten fand. Da hörte man sie. Die Stille.

Oder den fast gleichmäßigen Takt der Hufe. Hier auf der Insel. Hufgeklapper. Der Pferde. Autos bewegen die Welt. Schon immer fast. Nein, früher waren es die Pferde, die die Karren oder die Wagen zogen und Getreide, Gegenstände, Menschen von einem Ort zum anderen transportierten. Wie hier auf der Insel. Hier erzählte man über sie. Ja, kannst du dich noch an den Ascona erinnern? — Wie hieß der eine noch, auch von Opel. Oder war es ein Ford. — Mein Vater hatte mal einen Granada. — Stolzer Mann, dein Vater. — Ja, das war er und sie vermisste ihn noch heute so sehr, als sei es gestern gewesen, als er sie verlies. Für immer.

Ihre kleine Familie. Als ihre kleine Welt noch in Ordnung war. Samstags, nachdem die Kinder das Nass in der Badewanne genossen hatten. Das Wasser, das Planschen, das Albern, das Streiten und ach, das Waschen, wie die Mutter ermahnte. Anschließend schon im Nachtgewand durfte am Abend dann mit der ganzen Familie fern gesehen werden. Für die Kinder ein kleines Fest. Und vorher erst, wenn das Huhn verspeist wurde, das der Vater zubereitet hatte. Die Mutter sorgte dafür, dass es gerecht verteilt wurde. Die einzelnen Stücke. Der Vater bekam oft die Brust. Die hatten die Kinder früher. Alice lachte bei ihren Gedanken, die man so oder so verstehen konnte. Das gefiel ihr. Wie ihr dieser Teil ihrer Kindheit besonders gefiel. Diese fast verschworene Gemeinschaft, die sie genoss. Diese Zeit. Über die sie sich freute. Sie musste ihren Bruder fragen, ob es ihm damals genauso ergangen war. Oder wie. Vielleicht ganz anders. Alice fielen die Matchboxautos ein, die ihr Bruder bewegte. Auf dem Teppich im Wohnzimmer. Das Muster am Rand diente den kleinen Fahrzeugen als Straße. Je nachdem wie schnell sie fuhren, wurden auch die Geräusche lauter. Die Motoren wurden angetrieben durch die Laute des Kindes, das auf dem Boden lag und die verschiedenen Antriebsstärken der Mobile variierte. Wie war sie nur darauf gekommen?

Ach ja, in der kleinen Kneipe am Inselblick hatten die Männer sich unterhalten. Über die verschiedenen Modelle und philosophiert darüber, wie Männer es nur können. Oder? Egal. Ja, den Inselblick. Den gab es nun auch schon nicht mehr. Mit den leckeren Weinen, die man in der Gaststätte oder in einem bezaubernden Garten verkosten konnte. Je nach Wetterlage. Da vermischten sich die Aromen der Insel mit der Flüssigkeit, die die Kehle hinunterfloss und manchmal auch zu Kopf stieg. Auch das durfte sein. Ab und zu und auf der Insel. Inselauszeit nannte sie es. Alice, die Wunderblume.

Wie sie die Mutter nannte, manchmal auch der Vater. Dieser verstand sie oft besser, wenn Alice sich wunderte als Kind, als junge Heranwachsende. Über dies und das. Und sich darüber freute. Und daran. Über die Wunder dieser Welt. Über die Natur. Die Familie. Die Menschen. Die Landschaften in ihrer Verschiedenheit und Einzigartigkeit. Über die kleinen Dinge. Wie nun hier und heute über diese kleine bezaubernde Insel, die sie liebte, liebgewonnen hatte mit allen ihren kleinen besonderen Facetten. Einiges hatte die Mutter ihr erzählt, die hier gelebt hatte. Für zwei Jahre. Als Hausmädchen im Hitthim, das Tante und Onkel gepachtet hatten. Es gab einige Erzählungen und Begebenheiten, die würde sie aufschreiben müssen. Aber das war wieder eine andere Geschichte.

Saß sie hier auf dieser Bank und blickte über die Insel, vermischte sich der Inselblick, dieser Augenblick mit den verschiedenen Zeiten, in der sie unterwegs gewesen war, wie auch mit anderen Orten. Auch den Orten hier auf der Insel. Wenn sie, obwohl sie hier oben auf die Insel hinunterblickte, sie ihren Blick am Strand in einem Strandkorb sitzend über die Hucke zum Dornbusch hoch richtete. Dann hörte sie hier oben das Murmeln der rollenden Wellen, wenn sich die See hier im Osten mal nicht in aller Ruhe bewegte. Die Ostsee sich als

Meer zeigte, wie der Mensch sich das meistens vorstellte. Die Wellen zu Wogen wurden. Immer höher, immer mächtiger, manchmal sogar ein wenig unheimlich. Die Großen Seen in Kanada, die wirkten auf Alice damals wie ein unendliches Meer. Da peitschte der Wind die Wellen so über die Wasseroberfläche, dass Alice fast nicht glauben konnte, dass dieses Wasser mit der unendlichen Weite nur Teil eines großen Sees war, der wieder Teil einer riesigen Seenfläche war, die dort oben im Norden des amerikanischen Kontinents die Natur so verzauberte.

Schreibtisch am Bodden

Verloren. Gefunden. Aus der Zeit gefallen. Bunte Lebendigkeit in ruhender Atmosphäre. Alice wunderte sich, wie schön dies sein konnte. Und dann auch wieder nicht. Denn sie wusste es fast schon immer, wie es ging. Wandelsinn.

Sie fuhr sich hinterher. Da vorne. Da wollte sie hin. Wie lange war sie schon nicht mehr hier gewesen. Bis zum Ende. Wo man nicht mehr weiter durfte. Und dies respektierte sie gerne. Für die Vögel. Für die Tiere. Für die Natur.

Und dann saß sie wieder auf ihrer Bank. Wie für sie geschaffen. Ein Tisch war dabei. Die Schreibutensilien verteilten sich wie von selbst und der Blick ging auf den Bodden. Traumwolken winkten und bliesen Wörter über das Wasser:

Unsere Wege — In der Mitte des Lebens

Ist er nicht auch ein Weg zurück zu unseren Erinnerungen. Zu den Weggabelungen? Was wäre, wenn wir uns anders entschieden hätten an einer dieser Gabeln des Lebens. Lebensentscheidend?

Wir gehen unseren Weg oft dem Alltag geschuldet. So wie wir es gelernt haben. Wie man es uns beigebracht hat. Obwohl wir es manchmal so gar nicht wollten. Oder auch, weil es bequemer war.

Wir gehen. Gehen ihn langsam oder schnell, den Weg, oder auch zu schnell. Halten inne. Müssen weiter. Wollen nicht. Müssen. Schauen zurück. Falscher Weg? Sackgasse?

Und manchmal sehen wir auf dem Weg, den wir gehen, dass es nur dieser Weg sein konnte.

Hätten wir an einer Weggabel die andere Strecke gewählt, hätten wir einige schöne Ereignisse, Erlebnisse nicht erlebt, die wir hier auf unserem Weg erfahren, erlaufen. Wie es uns ergangen ist.

Wie kann also ein Weg nicht richtig sein, nicht der Weg sein, den wir gehen. Gehen wir doch einfach weiter. Und bleiben auch mal stehen. Für den Augenblick. Für gute Momente.

Mittendrin

Aufgekratzt. Angetörnt. Was benutzte sie da für Wörter. Mittendrin. Drüberweg, das traf eher zu und vielleicht noch nicht über's Ziel hinaus. Wer wusste das schon. Sie liebte. Sich. Ihn. Und so manchen und manches. Heute hatte Alice sogar das Essen vergessen, ein Glas Wasser vorm zu Bett gehen saß noch drin.

Die Gedanken schwappten, wie der Kaffee aus der Tasse auf die Fliesen der Küche, die nun erst mal geputzt werden musste. Dafür hatte sie doch jetzt gerade keine Zeit. Ihre Gedanken quirlten. Womit sollte sie anfangen. Mittendrin.

Wo war überhaupt der Anfang. Aus Erzählungen wusste sie, dass eine Zange ihr in das Leben half. Sie lief und freute sich. Das war viel später. Sie freute sich auf ein Salino oder hieß das: einen Salino? Er schmeckte. Süß, irgendwie salzig, nach Meer sowieso. Früher musste sie sich mit weniger begnügen. Soviele Groschen hatte sie nicht. Ja, solange war das schon her.

Heute war es der Euro und der Zusammenhalt nicht besser, manchmal bis oft sogar schlechter. Gut war, dass Alice es liebte. Das Leben. Mittendrin.

Sie hatte die Westermann getroffen. So nannte sie sich selbst. Im Fernsehen und nun auch live. Alice dabei und mittendrin. Auf einer Kirchenbank. Wandelsinn leicht. Den Wunsch hatte sie ihr erfüllt. Federleicht schrieb sie in ihr Buch. Das ihre, was Alices war. Das sie gelesen hatte. In nur zwei Tagen. Es war keine Gebrauchsanweisung, wie auch Christine es betont hatte. Alice wunderte sich nicht. Es war das Leben. Mittendrin. Mit Anfang. Und Ende. Mit Abschieden. Mit loslaufen. Mit loslassen. Mit Tod. Mit Leben. Mit ihm. Auf das sie klug wurden.

Sie saßen in der Jesus-Christus-Kirche und das Buch lag auf der Bibel. Das Buch von Christine Westermann ›Manchmal ist es federleicht‹. Wenn sie daraus vorlas, nahm sie es hoch, nahm es in eine Hand und las. Federleicht. Die Autorin und das Publikum und Alice mittendrin.

Lauschten sie erlebtem Leben. Liebe war auch dabei. Der Mann, der sie geheiratet hatte, tauchte nicht nur in ihrem Buch auf. Er war zusammen mit ihr gekommen. In einem Käfer, der ein Beatle war, mit einem Dach, wie Alice es genoss, wenn sie mit ihrem unterwegs war und oben ohne fuhr.

Aus Köln waren sie gekommen. In die Pilgerstadt am unteren Niederrhein. Dass sie mal im Nachbarstädtchen gelesen hatte, daran konnte sie sich nicht mehr erinnern, die Westermann. Zu lange her und es gab auch für sie sicher zu viele Mittendrins. Damit kannte Alice sich aus. Und wunderte sich nicht mehr. Über dies und das und dann doch wieder. Das Leben war ein Wunder. Wie die Natur, die Landschaft, die Tiere, die Pflanzen, die Menschen und soviel Meer. Das sie liebte. Alice.

Morgen bist du ein Teil von allem

von Birgit Granzow

Sie fahren auf seinem Roller über die Brücke am Rheinknie: Die Frau mit kirschroten Lippen und der Mann. Die Frau legt von hinten ihre Arme um ihn, als sie in die Poststraße einbiegen. Sie spürt die Wärme seines Körpers durch ihre Hände. Die Sonne ist ein leuchtender Ball am Ende der Straßenschlucht. Sommerluft hängt über dem Carlsplatz.

Schwarzer Kaffee wird eilig auf die Caféterrassen hinausgetragen. Pickende Tauben fliegen auf und flattern über die Dächer der Stadt. Kondensstreifen vergittern den Himmel.

Noch ein Winter, denkt sie. Dann geht er fort. Der Gedanke bewohnt sie nur einen Augenblick. Seine Stücke werden jetzt in der Maxkirche gespielt, von einem Orchester aus seiner Heimat.

Auf den Rheinauen lässt jemand Lenkdrachen steigen. Große Drachen, die an ihren Leinen reißen und im Wind zucken. Sie steigen und stürzen vor dem Himmel. Die hellen Tage werden verblühen. Sie hat seine Sprache gelernt und er ihre. Seine Sprache ist wie ein unruhiger Vogel in ihrem Mund. Seine Sprache flattert mit ihm davon, wenn er geht. Wenn sie die fremde Sprache spricht, sind die Worte jung.

Die Frau mit den kirschroten Lippen und der Mann stellen den Roller am alten Hafen ab. Sie gehen am Ufer des Flusses entlang. Sein Schweigen ist ihr genauso vertraut wie seine Stimme.

Sie macht einen Schnappschuss von einem Schiff und sagt: Zur Erinnerung — Und meint ihn, und meint das Schiff und meint ihr Leben. Der Mann lacht und weiß nicht warum. Sein Lachen zerbricht an ihrem Mund als er sie küsst. Am Apollo-Theater blüht der Löwenzahn. Gelbe Sterne auf Grün. Menschen liegen auf der Wiese. Sie haben die Schuhe ausgezogen und neben sich gestellt, als stünden sie zum Verkauf. Der Mann hebt einen Finger und zeigt auf den Landtag.

Die Bannmeile, sagt der Mann. Und er meint sie und meint den Landtag und meint sein Leben.

Sie beugen sich über einen Stadtplan und ihre Fingerspitzen gehen durch die Straßen der Stadt auf getrennten Wegen. Die Stille ist länger als der Satz. Tausche Ich gegen Wir, denkt sie. Sie fühlt ihren Körper von innen. Tausche ich gegen wir und du gegen ich und um uns herum vertraute Gegenstände und gemeinsamer Lärm.

Ich zeige ihr mein Leben, denkt er. Lass uns den Sommer durch Zwei teilen und mit Liebe multiplizieren; Gegenstände sortieren nach Größen, nach Formen. Lass uns den Sommer auflösen in der Nacht und wieder zusammen setzten am Tag. Er fühlt sich lebendig, wenn sie da ist. Er sieht sie an und denkt: Sieh nur wie sie leuchtet! Es wird leicht sein, sie zu lieben.

Der Mann dreht sich um: Zuhause erwarten ihn die Dinge. In den Schränken warten sie auf seine Rückkehr. Auf sein altes Leben. Er kehrt heim zu den Dingen, die warten. Die von ihm aufgereiht, gesucht, wieder weggestellt und abgestaubt werden wollen. Die Lebenszeit rauben. Achtzigtausend überflüssige Dinge.

Er zählt die Dinge, ohne die er leben kann. Und es sind alle. Die Menschen um ihn herum bewegen sich schnell. Ihre Gesichter haben Zifferblätter. Die Zeit zerschneidet ihr Leben. Alle haben wichtige Pläne. Die Zeit läuft und die Pläne drängen. Morgen, denkt er, morgen bist du ein Teil von allem.

Grau

von Frank Hönl

»Irgendwann wird wieder ein Schiff eintreffen.«

Daouda rührte abwesend in dem Eintopf, der auf dem Herd stand. Sie beobachtete die Wassertropfen, die schwer gegen das Küchenfenster klatschten. Der Himmel war grau und wolkenbedeckt wie beinahe immer auf Procul. Es gab zwar kurze Perioden, in denen sich der blaue Himmel zeigte, genießen konnte man diese Zeit ohne Schutzanzug jedoch nur bedingt. Gegen die weiße Sonne, um die der Planet kreiste, hatte die menschliche Evolution noch kein Mittel gefunden. Zwar waren vereinzelt die Neugeborenen biologisch schon besser angepasst, doch war es noch ein weiter Weg.

An jedem anderen Tag würde Daouda der Regen nicht auffallen. Heute jährte sich jedoch zum zweihundertfünfzigsten Mal der Tag, an dem ihre Vorfahren auf Procul angekommen waren. Was mochte ihnen durch den Kopf gegangen sein, als sie zum ersten Mal ihren Fuß auf den größtenteils mit Moos bedeckten Boden gesetzt hatten? Wie war es ihren Kindern ergangen?

»Ist mir egal«, entgegnete Mik, der sich gerade eine Morokfrucht in den Mund stopfte und auf dem zähen Fruchtfleisch herumkaute, während die Sportnachrichten über den Infoscreen flimmerten.

Daouda benötigte einen Moment, um wieder ins Thema zu finden. Es war eine Eigenschaft, die sie an ihm hasste. Mik neigte dazu, mit einer gewissen Verzögerung zu antworten. Nun, immerhin tat er es. Sie drehte sich zu ihm. Er saß an dem kleinen Esstisch und trug noch den roten Arbeitsoverall der Servicetechniker.

»Möchtest du nicht wissen, warum keine Schiffe mehr kommen?«, bohrte sie, und fuhr sich mit der Hand durch das krause schwarze Haar.

Mik zuckte mit den Schultern. Zu ihren Lebzeiten waren keine neuen Siedler von der Erde eingetroffen. Beinahe zwei Generationen Proculaner kannte die großen weißen Gebilde, die wie die Luftschiffe aus historischer Zeit aussahen, nur aus geschichtlichen Aufzeichnungen, und von den verbauten Überresten, die viele Gebäude zierten.

»Ob es die Erde noch gibt?«, sagte sie mehr zu sich selbst.

Im Gegensatz zu Mik interessierte sie sich für die Wurzeln der Menschheit und für ihre eigenen. Schon als Kind hatte sie Wissensbibliotheken nach Material durchforstet und alles über den blauen Planeten aufgesogen. Riesige Wasserflächen und Landmassen durchzogen mit verschiedensten Klimazonen. Eine vielfältige Flora und Fauna. Unzählige Arten des Lebens wohin man sah. Irgendwann drohte jedoch der Kollaps. Ein stetiger Anstieg der Bevölkerung, der Kampf um verbliebene Ressourcen, Umweltverschmutzung und Ausbeutung drohten die Erde in die Knie zu zwingen. Dann waren die Menschen ins All aufgebrochen. Hatten Kolonien im eigenen Sonnensystem errichtet und später den großen Sprung durch den interstellaren Raum gewagt. Jahrzehnte waren sie durchs Nichts gereist. Nicht körperlich, sondern in Datenpaketen, die am Ziel einer biologischen Lebensform übergeben wurden.

»Was beschäftigt dich so daran? Ich habe es nie verstehen können, warum die Vergangenheit ständig in deinem Kopf herumspukt«, sagte Mik, ohne sich vom Bildschirm abzuwenden.

»Das ist alles so lange her, außerdem gibt es hier genug Probleme. Das letzte was wir brauchen ist ein Haufen neuer Siedler.«

»Wir stammen von Siedlern ab«, stellte sie fest.

Ein Gespräch, dass sie schon oft führten und in dem Mik meist passiv geblieben war. Zum einen liebte sie es an ihm, dass er bodenständig war und Dinge anzupacken wusste. Keiner, der immer nur redete, sondern das, was er sich vornahm, auch durchsetzte. Ging es allerdings darum, Wünsche oder Träume in Worte zu fassen, sich irgendwie auf nicht praktischer Ebene auszutauschen, dann lief vieles ins Leere. In den nächsten Monaten würde sich ihr Zusammenleben grundlegend ändern. Einerseits freute sie sich, andererseits nagten Fragen an ihr. Sie sah ihn an. Sein schwarzes Haar, in unzähmbaren Wellen nach hinten gekämmt. Seine kräftigen Hände, die hart zupacken, aber auch unglaublich zärtlich sein konnten. Sein Gesicht, auf dem sich die ersten Züge eines reifen Mannes zeigten.

Daouda legte den Kochlöffel auf die Seite.

»Die sind entweder tot oder sie haben uns vergessen. Außerdem, sind wir keine Siedler!«

Er sah sie an. Seine vollen Lippen deuteten ein verschmitztes Lächeln an.

»Wir beide sind hier geboren. Unsere Eltern und deren Eltern auch!«

Er sagte es wie ein Polizist, der einen aufforderte, doch bitte weiterzugehen, da es hier nichts zu sehen gäbe. Doch diesmal würde er sich mit diesem Thema beschäftigen müssen. Heute konnte er es nicht einfach beenden, indem er es beiseite legte wie ein Buch, an dem man keinen Gefallen mehr fand.

»Wir bekommen ein Kind.«

Sie sagte es beinahe emotionslos und legte die Information im Raum ab, wie den Haustürschlüssel auf eine Anrichte, wenn man von einem langen Arbeitstag nach Hause kam.

In diesem Moment war es, als würden siebzigtausend Kehlen in einem Stadion mit einem Mal verstummen. Sein Kopf wirkte wie eine Büste, dazu verdammt, nie wieder eine Regung zu zeigen.

Sie hatten oft darüber gesprochen, aber waren nie in die Nähe eines Punktes gekommen, dem man als Übereinkunft oder gar Entscheidung bezeichnen konnte. Schließlich hatte sie allein entschieden.

Mik legte die Frucht auf den Teller vor sich. Der Raum um sie herum begann zu schrumpfen. Verdichtete sich zu einer ultrakleinen Masse, die ein schwarzes Loch zu erzeugen drohte.

»Wann … ich meine wie …?«, rang er nach Worten.

»Ich habe nicht mehr verhütet.«

Sie brachte es hervor, als würde sie es einem Arzt mitteilen. Seine Züge zeigten keine Anzeichen für eine Regung in eine bestimmte Richtung. Man merkte ihm an, dass das Pendel bereit war, noch zu beiden Seiten zu schwingen.

»Seit wann?«, fragte er schließlich.

»Vier Monate.«

Daouda bemühte sich um eine ruhige Ausstrahlung.

»Und wie lange weißt du es schon?«

»Drei Wochen.«

Er rieb seine Handflächen gegeneinander. Das tat er immer, wenn es darum ging etwas auf den Weg zu bringen. Etwas Unumstößliches zu entscheiden, dass es umzusetzen galt. Doch noch war es nicht so weit.

Daouda hatte sich immer gefragt, ob die Hoffnung auf ein neues Leben, etwas von dem Grau wegwischen würde, dass sich langsam in Form des Alltags über alles legte. Als die Menschen damals ihren Planeten verließen, wie stellten sie sich ihre neue Heimat vor? Ein grauer Himmel über grauen Gebäuden. Graue Welten, die langsam jede Hoffnung erstickten? Sie war davon überzeugt, dass es andere Bilder gewesen waren. Andere Wünsche und Sehnsüchte die sie befeuerten alles aufzugeben. Und jetzt, mit diesem kleinen Wesen, das in ihr heranwuchs, spürte auch sie etwas davon.

Mik erhob sich. Es kam ihr vor, als kämpfe er gegen steigende Gravitationskräfte. Er ging um den Tisch herum auf sie zu. Dann stand er vor ihr, so nah, dass sie ihr Spiegelbild in seinen Augen sehen konnte.

»Du hast recht, wir sind keine Siedler«, sagte sie.

Er legte seine Arme um sie und zog sie zu sich.

»Ich freue mich«, flüsterte er ihr ins Ohr.

Daouda schloss die Augen. Dann riss der Himmel auf und schob das Grau beiseite.

Voyage amoureux

von Tilmann Schipper

16:29 Uhr, ICE 122. Ich finde meinen Zug, meinen Großraumwagen, meinen Sitzplatz – und ich finde sie.

Heute trägt sie Bart. Keinen Männerbart, eher so etwas wie einen kräftig gefärbten Flaum, der Hauch des Herbstnebels zwischen Nase und Mund. Gilt so etwas für Frauen? Das Rouge zu Rot, die Lippen – gewollt – kräftig eingefärbt, das nenne ich lila, das Haar verliert sein Silber und alles andere: ohne Kommentar. Okay, ich für meinen Teil lege keinen Wert darauf, als Frauenversteher zu gelten, und es wird mich bei weitem nicht jede Frau auf Fahrten mit einem Zug gleichermaßen begeistern, wo ich doch sie einst kennenlernte. Wie immer lege ich die Laptoptasche in das Fach direkt über dem Sitzplatz am Fenster, die Zeitung rutscht mir aus meiner Armunterklammerung auf den freien Sitzplatz.

»Guten Tag junger Mann. Passen Sie bitte auf, dass meine Tasche nicht aus der Gepäckablage rutscht!«
Das war deutlich, bei tiefer Stimmlage.
    Ich lächle ihr tapfer zu.
    »Keine Sorge, ich …«
    »Das passiert immer wieder. Bei meiner letzten Reise ist mir eine gute Weinflasche dabei kaputtgegangen«, fährt sie ungerührt fort.
    »Da muss ich schon mal darauf hinweisen, denken Sie nicht auch junger Mann?«
    Ich schlucke, obwohl der ›junge‹ Mann dem Anfang 60er schmeichelt.
    »Keine Sorge, nichts passiert.«

Ob sie es mir glaubt? Ich kann und will es nicht ergründen. Ihr wachsamer Blick wandert, bis ich mich setze, zwischen der Ablage und mir auf und ab.

Seit jetzt vier Wochen nutze ich einmal in der Woche diese Verbindung um 16:29 Uhr. Frankfurt – Köln – Düsseldorf, weiter Richtung Amsterdam. Und immer im Großraumwagen. Bisher saß bei jeder Fahrt eine Frau auf dem Fensterplatz. An der Bahn wird's nicht liegen. Meinen Platz buche ich zum Gang hin, da kann man die Beine besser ausstrecken und es ist klar: Großraumwagen, wenig intim.

»Sie sitzen auf Ihrer Zeitung. Da versauen Sie sich mit der Druckerschwärze nur Ihre Hose. Mein Mann konnte das auch immer, immer auf der Zeitung sitzen. Ich habe ihm das oft genug gesagt. Glauben Sie nicht, dass es half!«

Erinnerte sich ihr Mann in solchen Situationen eigentlich auch gerne an die lauten Wagen, wenn diese über geschweißte Schienen ratterten. Lärmschutz kann von Nachteil sein.

»Vielen Dank!«

Ich greife nach der Zeitung und ziehe sie zwischen Sitz- und Körperfläche hervor.

»Sehen Sie nur Ihre Finger! Bestimmt ganz schwarz.«

Triumph!

»Nichts passiert.«

Schnell öffne ich die erste Doppelseite und verstecke mich hinter meiner Zeitung. Sie schnauft etwas, gute alte Dampfzeiten, verzichtet aber auf das Ansagen einer neuen Lebensweisheit.

Die Kopfzeilen der Artikel überfliege ich, nichts was mich direkt interessiert. Das Foto unter Vermischtes, mit dem Hinweis auf den dazu gehörenden Artikel im hinteren Teil der Zeitung, zeigt einen Modeschöpfer mit einigen Models. In meinen Gedanken baut sich die Strecke vor mir auf, die Gleise, Signale, entgegenkommenden Züge, ich verliere mich in die Erinnerung meiner zweiten Reise mit dem ICE und sitze wieder auf meinem Platz am Gang und sie sitzt wieder neben mir.

Spätestens hinter Frankfurt-Waldstation wird hörbar, ein Großraumwagen ist kein Waggon mit oder für Ruhezonen. In den Sesseln der gegenüberliegenden Gangseite und in den Reihen vor und hinter mir legen die echten und gewollten Yuppies mit dem unrhythmische Klack-Klack ihrer Notebooktastaturen los. Wäre das Klack-Klack gleichmäßig, es wäre annähernd der ideale Ersatz für das fehlende Rattern der Eisenbahn und Schlaf ließe den Reisenden in seine Traumwelten abgleiten. In modernen, digitalen Zeiten ist das anders. Gleich an mehreren, nicht eindeutig lokalisierbaren Positionen wird mittels des Smartphones, mehr oder weniger laut vernehmbar, der Reisestatus übermittelt. Und tatsächlich wird dazu die Telefonfunktion genutzt.

Bei jener Fahrt, welche mir jetzt in meine Erinnerung kommt, nahm ich erst hinter Frankfurt-Waldstation die Zeitung zur Hand und vertiefte mich in den ersten Artikel. Oder vielleicht doch nicht? Es gelingt mir nicht, meine Aufmerksamkeit auf den Artikel zu konzentrieren, mein Blick schweift am scharf geschnittenen Rand der Zeitung vorbei.

Sie sitzt neben mir. ›Fein geschnittene Gesichtszüge‹, sagt man das so? Ihr Teint wirkt trotz des langen Tages frisch, als wäre sie direkt vom Visagisten zum Bahnsteig geeilt. Erfreulich zurückhaltend aufgetragenes Make-up, dezent gezogene Lippen, sanft betonte

Lidschatten, alles bewusst aufeinander abgestimmt, abgestimmt zwischen dem lichten Schwarz einer tiefen Winternacht rund um die Augen und dem warmen Winterrot eines Granatapfels auf den Lippen. Sie trägt Hosenanzug, Business as usual. Der Anzug zeigt Kühle in einem Blau mit sanfter Schattierung ins Grau und er passt zu ihren Augen, die in einem tiefen und dunkeln Blauton die Farbe spiegeln. Die weiße Bluse trägt sie offen genug, wenn auch mein steiler Blick über ihren Hals in Richtung ihrer Brust, genug vor meiner zu großen männlicher Neugierde abgeschottet wird. Keine Brüche in der Hautfarbe. Alles Natur, alles echt. Das Haar blond, naturblond besser, kein Ansatz einer Färbung, bis zu den Schultern fließend. Und das Parfüm? Notiz für meinen Kalender; Schnuppertour auf der Kö absolvieren.

Verdammt, wo bin ich. Mit meiner Altersschätzung versuche ich es auf Ende zwanzig. Laut einer letzten Erhebung verschätzen sich Männer beim Alter überdurchschnittlich. Macht nichts.

Meine Sitznachbarin ist maximal zurückhaltend, mir gegenüber. Zunächst öffnet leider auch sie ihr Netbook, stellt dann aber deutlich enttäuscht fest, dass ein W-LAN-Netz in diesem Waggon nicht verfügbar ist. In ihren Augen sehe ich Fragezeichen und das kleine Piktogramm auf der Fensterscheibe bestätigt ihr dies zusätzlich. Das Display fällt etwas zu heftig auf die Tastatur. Geschlossen. Der weiterhin fragend suchende Blick streift mich kurz. Angesichts des Bergsees ziehe ich meine Mundwinkel zu einem Lächeln nach oben, bei ihr kräuselt sich nichts. Entschlossen räumt sie das Netbook in ihre große Businesstasche.

»Kaffee, Würstchen, Kaltgetränke, Süßwaren?«

Das rollende Mini-Bistro erreicht unsere Sitzreihe. Sie bittet um einen Kaffee. Mit Sahne und Süßstoff. Wie süß, so ganz entschieden hat sie sich offenbar noch nicht. Ich gebe den Gentleman und helfe ihr bei der Entgegennahme des Kaffees und der Übergabe ihrer EC-Karte. Sie dankt für meine Unterstützung mit einem beachtlich zurückgenommenen Lächeln. Keinesfalls frostig. Meine vorsichtige Hoffnung, jetzt ein Gespräch zu starten, zerschlägt sich in dem Augenblick, da der Kaffeebecher auf dem Klapptischchen zur Ruhe kommt und sie ihrer großen Bree ›The Economist‹ entnimmt, irgendwo in der Mitte aufschlägt und dahinter für mich vorerst verlustig geht, wie es bei der Bahn heißen würde. Ich spüre den Verlust.

16:43 Uhr. Inzwischen verlässt der ICE den Fernbahnhof am Flughafen Frankfurt, nimmt seine volle Reisegeschwindigkeit auf und wird laut Fahrplan das nächste Mal erst wieder in Köln Hbf halten. ›The Economist‹ hat wohl viele interessante Seiten. Die Landschaft rauscht teilweise in Tunneln, teilweise im Sonnenlicht vorbei. Ihr Profil dominiert meine Blicke aus dem Waggonfenster.

Selten ging es mir so nahe, neben einer Frau in einem Zug zu sitzen. Ich fühle mich ihr angekoppelt, rangiere etwas auf dem Sitz hin und her, wechsele meinen Blick immer wieder von der Zeitungsfront zum übergewichtigen Sitznachbarn mit dem vor seinen Bauch geklemmten Rechner in der gegenüberliegenden Sitzseite. Ob es die Geschwindigkeit von mehr als 200 km/h ist oder die Pressung in den Sitz, es bringt mich dazu, mir vorzustellen, mit ihr das Zugbistro oder besser die Schnellenburg in Düsseldorf oder das Dom-Hotel in Köln aufzusuchen. Mist, geht nicht, das Dom-Hotel hat geschlossen. Bleiben Zugbistro oder Schnellenburg. Soll ich Sie ansprechen? Die Zugbremse kreischt.

»Wir möchten unsere Fahrgäste darauf hinweisen, dass dieser Zug nicht in Limburg hält!«, ertönt eine Stimme aus dem Off und sie: »Dürfte ich vielleicht einmal vorbei?«

Ich nicke nur, erhebe mich, gebe ihr den Weg frei. Ein ununterbrochener Vorgang, so schnell gleitet sie leise, ihr Parfüm im Windzug der Klimaanlage verströmend, auf den Gang. Und ich, ich sinke, mein Lächeln spürend, in meinen Sitz zurück. Nervös blicke ich um mich, warum eigentlich, und stelle beruhigt fest, alle Notebooks sind in Betrieb und den Inhalten von Telefonaten in den Sitzreihen vor und hinter mir kann ich lauschen.

Kurz nachdem der Zug Limburg passierte, kehrt sie zurück. Ich springe auf, durch die Bewegung des Zuges werde ich ihr näher gebracht, ›Der Duft der Frauen‹, auch so ein Film, sie flutet durch und ich sitze wieder.

Jetzt? Ihre und meine Pläne liegen diametral. Wie Gleise zweier Züge laufen sie auseinander. Sie nimmt ihr iPhone zur Hand, wählt eine Nummer, wendet das Gesicht zum Fenster, oh welch marmorhafter Nacken, und startet ihr Gespräch.

Mit Garantie, ich versichere, da höre ich nicht zu. Aber sitzen Sie einmal in einem Großraumwagen und hoffen, von den Gesprächen ihrer Sitznachbarn vor oder hinter ihnen, geschweige denn von ihrer unmittelbaren und schönen Sitznachbarin, nichts mitzubekommen. Ihre Worte reflektiert sogar das Fenster und sie dringen direkt in mein linkes Ohr. Sie fordern mich auf zuzuhören, natürlich nur indirekt oder unabsichtlich, denn von Gesprächsphase zu Gesprächsphase spricht sie ansteigend lauter, vergisst scheinbar, dass um sie herum weitere Mithörende sitzen und übersieht auch ihren am Zuhören nicht interessierten Sitznachbarn.

Also zunächst bin auch ich wirklich nicht interessiert. Aber spätestens als mein Blick Montabaur wahrnimmt, gestehe ich mir ein, ich habe Interesse.

Montabaur bringt die Informationen: Sie arbeitet bei der Bundesbank, Niederlassung Köln, war zu einem Dienstbesuch in der Zentrale Frankfurt und jetzt auf ihrer Heimreise. Mir wird verständlich, ihr Gesprächspartner ist eine Frau, eine Freundin. Außerdem erkenne ich zu diesem Zeitpunkt zwei weitere wichtige Punkte: Ihr Chef ist ›doof‹, ja ja, sie verwendet den Begriff und ein Kollege namens Peter, vom London Office, ist ›spitze‹. Sie spricht seinen Namen und den Ort englisch aus.

Als Mitreisender darf ich diese Dinge natürlich auch überhören. Wahrscheinlich täte ich es, doch Peter wird der Freundin als extrem ›great‹ wirkend beschrieben (bin ich auch), dynamisch (gilt auch für mich, nichts zu bezweifeln), weltoffen (jedes Kulturfest ist mir recht), mit internationalen Erfahrungen und Verbindungen (das ist offensichtlich mehr als wichtig, daran muss ich arbeiten). Er, dieser Peter, nicht ich, habe bereits für die Schweizer UBS und kurz für die Weltbank gearbeitet. Und ständig wiederholt sie, wie ›great‹ er doch sei. Von Zeit zu Zeit entgegnet sie auf die Erwiderungen der anderen Seite, dass die Freundin sich das doch gar nicht vorstellen könne, sie kenne ihn ja nicht. Ich übrigens auch nicht, obwohl ich nach wie vor bereit bin, die eine oder andere Eigenschaft mit voller Überzeugung auf mich zu beziehen.

Ihre Körperhaltung verändert sich derweil ebenfalls. Das bisher leise Gespräch in Richtung Fenster wandert immer öfter in den Wagen.

Gleiswechsel, von links nach rechts, zu mir und zurück, den Kopf in den Nacken werfend, auf dem Sitz wird sie unruhiger. Selbst ihr iPhone wandert von einer Hand in die andere. Den Spannungen in ihrer Brust begegnet sie, indem sie selbstvergessen den oberen Knopf ihrer Jacke öffnet. Ich wende meinen Blick ab.

Rücksichtsvoll bemerke ich nichts zu ihrem plötzlichen Rempler, wende lächelnd meinen Kopf erneut in ihre Richtung. Hat sie unseren Zusammenstoß nicht bemerkt? Ich bin sicher, das Spiegeln meines Lächelns im Waggonfenster übersieht sie.

Meine nicht beabsichtigte Aufmerksamkeit wächst wieder in dem Moment, als ein ›Paul‹ (wer ist das?) ins Spiel kommt. Jetzt bremst sie ihren Wortschwall, ihre Stimme wird spitzer, die Atemzüge und ihre Wortwahl steigern sich in einen kräftigen Bremsvorgang. Er, besagter Paul, nicht ich, habe kein Verständnis, habe keine Ideen, täte immer das Gleiche, aber Peter, wie weich, sei ganz anders. Sie hat beschlossen, Paul muss gehen, Peter bleibt. Die nachfolgende Pause liegt nicht darin begründet, dass im Siebengebirge das Netz zusammenbricht, sondern in einem langen Monolog der Freundin. Meine schöne und wie ich jetzt erkenne, doch gefährliche Nachbarin beendet das Gespräch, kurz nachdem die Freundin ihre Stellungnahme finalisiert, spitz mit: »Das habe wohl ich zu entscheiden!«

Kraftvoll wirft sie sich in den Sitz zurück und starrt aus dem Waggonfenster. Es herrscht Schweigen. Ihre Brust hebt und senkt sich umso deutlicher. Noch ist genug Dampf im Kessel, heißt das in der Eisenbahnersprache. Das Opfer ihrer Ventilöffnung darf ich nicht werden, wieder bleibt es nur bei einem Blick, einem Blick, den ich steil aus meinen Augenwinkeln auf sie werfe.

Aktiv wird sie wieder, als der Zug den Bahnhof Köln-Flughafen durchfährt. Sie wählt erneut eine Nummer.

»Paul, das klappt heute nicht mehr.«

Sie lauscht.

»Nett, dass du mich abholen willst, aber ich muss direkt nochmals ins Office, wir haben noch ein Meeting wegen der zu erwartenden Zinsentwicklungen.«

Es dauert einen Moment.

»Verstehst du es nicht, das weiß ich noch nicht.«

Ungeduld.

»Es geht wirklich nicht.«

Frostige Betonung ihres Unmuts.

»Danach bin ich total kaputt und brauche Zeit für meinen Relax.«

Kurze Unterbrechung.

»Hör zu, ich melde mich wieder bei dir. Sobald ich wieder mehr Luft habe.«

Noch kürzere Unterbrechung.

»Ja, sehr gut, tschüss.«

Kein Küsschen, nichts.

Mit dem Erreichen der Stadtgrenze von Köln wird die Geschwindigkeit des Zuges geringer. Hier bleibt Zeit die letzten wichtigen Dinge zu ordnen und sich auf das Verlassen des Zuges vorzubereiten. Oder der Reisende führt ein kurzes Telefonat.

»Hi, Peter. Du, ich bin gleich in Köln. Du hast ja meine Adresse. Wann bist du da?«

»Das ist ja schneller als mit dem Zug.«

»Toll.«

»Ja, sei so lieb, Küsschen!«

17:46 Uhr. Langsam beschleunigt der Zug bei der Ausfahrt in Richtung Düsseldorf. Der Sitzplatz neben mir ist jetzt frei, ich wechsle auf ihren Platz. Ein schönes, warmes Gefühl. Mein Blick ruht für einen Moment auf dem Dom. Er trägt den Namen: Petrus. Wie passend.

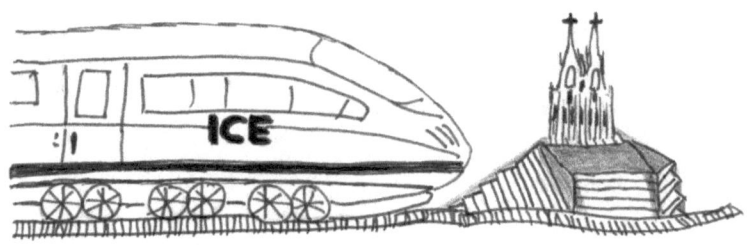

»Können Sie mir mal meine Tasche runter reichen? Hallo, junger Mann, schlafen Sie?«

Die Stimme erreicht mich mit der Durchsagestärke eines funktionierenden, aber überdimensionalen Bahnsteiglautsprechers.

»Vielleicht sind sie mal so nett. Wir sind gleich in Düsseldorf oder wollen Sie bis Amsterdam?«

Mir fehlen keineswegs die Worte, doch wenn Träume platzen, und selbst wenn Sie nur für eine Bahnfahrt reichen, bin zumindest ich erst einmal sprachlos.

»Nun machen Sie schon, ich werde erwartet.«

Irgendwie bin ich froh, dass sie erwartet wird.

Sie wird mich nicht erwarten. Hoffentlich wartet die Straßenbahn.

Du sollst nicht begehren deines Nächsten ...

von Karlheinz Wende

Das Haus nebenan ist verkauft worden.

Ich bedauere es, denn dort wohnten Nachbarn, wie sie in jedem Heimatfilm harmoniebedürftigen Zuschauern das Herz hätten aufgehen lassen, freundlich, hilfsbereit, immer entgegenkommend. Auch die abendlichen ›Pläuschchen‹ am Zaun, gelegentlich mit einer Flasche Bier in der Hand, würde ich bestimmt vermissen.

Neue Besitzer mittleren Alters wurden mir via Gerüchteküche avisiert. Ich war unruhig — gespannt! Was würden das für Zeitgenossen sein?

Hoffentlich Leute, mit denen man die friedliche Koexistenz in ähnlicher Weise weiterführen könnte und nicht von der Sorte, die sofort an meinen Hunden mit ihren bisweilen lautstarken Äußerungen Anstoß nehmen würden.

In meinem Garten mähe ich die Wiese. Und dann sehe ich plötzlich sie. Mittleres Alter?

Wer hatte mir das denn erzählt?

Was ich im Nachbargarten sehe, ist eine jugendliche Schönheit, nicht in den besten, nein, in den allerbesten Jahren! Ein weibliches Wesen, das augenblicklich selbst das Herz eines Siebzigjährigen höherschlagen lässt.

Gertenschlank, hochbeinig, eine Figur, die jedes gängige Schönheitsideal mehr als nur erfüllt. Ein Gang, der mit ›Gleiten‹ nur mangelhaft beschrieben ist. Sie hat so eine Art, die Hüfte zu bewegen, die einfach anmutig, elegant und aufregend wirkt, ohne herausfordernd zu sein.

Schon auf den ersten Blick bin ich hingerissen von dieser Erscheinung. Tiefschwarzes, ebenholzfarbenes Haar, das je nach

Bewegung fast kokett ins Gesicht fällt und dabei die Augen verdeckt. Diese dunklen Augen, in die man sich verlieren könnte. Das sehe ich auch auf Entfernung. Diese dunklen Augen, die durch mich hindurchsehen, obwohl ich sie gerade ganz höflich gegrüßt habe und sie nur gefragt habe, ob sie sich im neuen Heim wohlfühlt.

Sie wendet wortlos ihren Blick ab, ohne meinen Gruß zu erwidern.

War ich jetzt vielleicht zu aufdringlich? Ich hatte doch nur die Absicht, sie nett zu grüßen und freundlichen Kontakt zu ihr als neue Nachbarin aufzunehmen. Sie blickt noch einmal über die Schulter zu mir und dann geht sie weiter ihrer Beschäftigung nach, deren Sinn ich im Moment noch nicht erkennen kann.

Meine Hunde scheinen sie aber zu interessieren. Denn als die beiden kurze Zeit später im Garten erscheinen und zum Zaun laufen, dreht sie sich um und geht freudig auf sie zu und scheint entzückt von dieser Art der Nachbarschaft. Obwohl ich direkt danebenstehe, beachtet sie mich wieder nicht. Wieso muss mir das gerade wieder passieren?

So hatte ich mir das neue Nachbarschaftsverhältnis nicht vorgestellt.

Einen Tag später sehe ich sie wieder durch den Garten gehen.

Nein, nicht ›gehen‹, selbst tänzeln oder schweben beschreibt nur mangelhaft die Grazie ihrer Fortbewegung.

Woher hatte ich mitbekommen, dass sie Désirée heißt?

Ich weiß es nicht.

Désirée! Was für ein Name!

Ein Name, der alle angenehmen und romantischen Assoziationen selbst in einem alternden Hirn, wie meinem weckt. Ein Name, der alleine schon Herzklopfen hervorrufen kann. Als ob ihr Aussehen einen nicht schon genug ins Schwärmen brächte. Dieser Name passt wirklich zu ihrer hinreißenden Erscheinung.

Sie sieht zu mir hin. Ich grüße freundlich, aber sie blickt wieder nur durch mich hindurch. Reagiert überhaupt nicht, ignoriert mich erneut.

In diesem Augenblick werde ich durch eine raue, unangenehm klingende Männerstimme aus dem Nachbarhaus aus meinen Gedanken gerissen. Den zu ihr gehörenden Mann – oder sollte ich besser »Kerl« sagen? – habe ich noch nicht zu Gesicht bekommen. So eine ordinäre, unsympathische Stimme. Er krakeelt wie auf dem Kasernenhof. »Deesiie!«, höre ich nur. Meine Schöne zuckt zusammen, sie blickt auf. Und sofort wieder: »Deesiie! Zum Donnerwetter noch mal! Was soll das denn hier im Wohnzimmer?«

Désirée, ich würde dich nie so anbrüllen und wie verballhornisiert dieses Scheusal deinen wundervollen Namen!

Einen Namen, den man flüstern kann, den man hauchen kann, ein Name, der wie Musik klingt.

Und dieser Kerl schreit lauthals »Deesiie!«

Welche Entweihung für Namen und Person. Und was macht sie? Ich kann es nicht fassen.

Auf dieses heisere Geschrei hin, rennt sie, springt geradezu ins Haus, ohne nach rechts und links zu blicken und zu mir ja leider sowieso nicht.

Irgendwie typisch. Auf so ordinäre, brutal wirkende Kerle, da fliegen sie. Jetzt hätte ich beinahe geschrieben, ›Da fliegen sie, die Weiber!‹, aber das verkneife ich mir jetzt. Aber wenn man sie schüchtern, höflich und mit Anstand anspricht, da wird man ignoriert, einfach links liegen gelassen.

Und in meinen Tagträumen hatte ich mir unsere gemeinsame Zukunft schon so schön ausgemalt. Du, meine Nachbarin, wir so nebeneinander, über den Zaun hinüber verbunden …

Oder vielleicht auch ohne Zaun.

Da rennt sie hin, meine rassige Nachbarin!

Die schöne, die bildschöne, die elfenhafte, die unvergleichliche Border Collie Hündin Désirée.

Man soll eben nicht begehren seines Nächsten Hündin.

Irgendwo auf der Welt

von Karl Kreifelts

Ich sitze an meinem Schreibtisch aus Eichenholz, 2,59 m x 1,54 m, überzogen mit dünnem grünem Leder. Vor mir liegt ein halb beschriebener Briefbogen, ein banaler Brief an ein eigentlich ebenso banales Amt. Ich komme gerade nicht weiter, weil mich das Radio mit einem alten Schlager ablenkt.

›Irgendwo auf der Welt‹ von den Comedian Harmonists war Anfang der 30er überall in Deutschland zu hören. Wir, alleinerziehende Mutter Hilde und ihr Sohn Herbert Buchwald, hatten zwar weder Radio noch Grammophon, wir konnten uns ja kaum die Miete und etwas zu essen leisten. Aber unser Nachbar hörte immer bei offenem Fenster Musik und sang dabei ziemlich falsch, aber voller Inbrunst und nicht zu verbergendem Berliner Dialekt mit: »Irjendwo uff dr Welt jibts en kleenes bisschen Jlück«.

Also ich hatte wieder den 30er Jahre Sound des Nachbargrammophons im Ohr und meine Erinnerungen an diese Zeit holten mich ein.

Ich war damals 19 und hatte gerade meine Gesellenprüfung als Automechaniker mit 1,7 gemacht. Ich war mächtig stolz, weil mein Meister mich nach der Lehre übernommen hatte, obwohl es ja so viele Autos und damit so viel Arbeit noch nicht gab. Aber der Meister hielt große Stücke auf mich: »Berti, ick müsste ja komplett meschugge sein, wenn ick dir zu der Konkurrenz lassen würde«, antwortete er auf meine Frage, ob ich nach der Lehre weiter bei ihm bleiben könnte.

Und so behielt er mich noch ein paar Jahre, bis ich zu den Fahnen geeilt wurde.

Ich kam auf das berühmte U47, das gebaut wurde, um andere Schiffe zu versenken. Gruseligerweise taten wir das auch, und ich war als Chefmechaniker für das reibungslose Funktionieren der Torpedos verantwortlich.

Als ich drei Wochen Landurlaub hatte, ging die U47 im Nordatlantik ›verschollen‹. Hinter vorgehaltener Hand wurde gemunkelt, ein eigener, fehlgesteuerter Torpedo hätte sie versenkt. Na, wenn Berti einmal nicht dabei war!

Ich kam danach auf die U130, Einsatzgebiet Karibik. Bei einem Landgang in Caracas sprach mich ein älteres jüdisches Ehepaar auf Deutsch an, ob ich Ihnen einen Gefallen erweisen könnte. Sie wären sehr alt und sehr krank, und ihre einzigen Verwandten lebten in Deutschland. Sie gaben mir eine Rolle in die Hand, die ich bitte zu einer Adresse in Göttingen bringen sollte. Es sei ein Bild, das schon ihren Großeltern gehört hatte und das sie gerne wieder in Familienbesitz zurückführen würden. Und da die Deutsche Kriegsmarine im Moment die einzige transatlantische Verbindung zu ihrer früheren Heimat wäre, hätten sie mich angesprochen. Falls ich die Familie nicht mehr finden würde, sollte ich das Bild einfach behalten, es sei ein schönes Bild, und weitere Verwandte gäbe es nicht. Sie sagten, sie würden mir trauen, auch in diesen schlechten Zeiten, ich hätte ein gutes Gesicht. Ich versprach, ihnen Recht zu geben.

Auf der Rückfahrt nach Deutschland brach ich mir bei einer Reparatur die Hand, sodass ich in Wilhelmshaven das Schiff für immer verließ. Es lief wieder aus und wurde ein paar Tage später im Atlantik seebestattet. Ich kam in ein Lazarett in Nordrhein-Westfalen und wurde nach meiner Genesung wieder in den Staatsdienst versetzt, diesmal als Briefträger zur Reichspost.

»Irgendwo auf der Welt gibt's ein kleines bisschen Glück ...«

Nach dem Untergang des von tausend auf zwölf Jahre Lebensdauer verkürzten Reiches übernahm mich dann die BRD in gleicher Funktion in die Deutsche Bundespost. Gleiche Arbeit, andere Uniform und da ich keine Angst vor Hunden hatte, blieb ich in dieser Rolle unfallfrei. Ich lief morgens, nachdem ich die Briefe und Karten sortiert hatte, meine vier Runden und verteilte die Post. Mein Einkommen reichte noch nicht, um eine Familie zu gründen, also hatte ich Zeit, meine Arbeit zu Fuß zu erledigen. Außerdem war mir das gelbe Deutsche Einheits-Post-Fahrrad viel zu klobig und schwer.

Auf der Tour flirtete ich mit Karla, die in einem Blumengeschäft arbeitete. Irgendwann fing sie an, sich (für mich natürlich) aufzuhübschen und fleißig zurück zu flirten, was bei mir für einige Extrasystolen sorgte. Ich brachte der alten Dame aus der Villa mit dem kleinen Wäldchen im Garten nicht nur die Post, sondern auch die Brötchentüte, die der Bäckerjunge vor der Einfahrt achtlos auf die Straße geworfen hatte, was mich furchtbar ärgerte, weil die alte Dame wirklich sehr alt und nicht mehr gut zu Fuß war. Und weil er es auch bei Regen so machte. Also hob ich die Brötchen auf und brachte sie ans Haus, wo ich klingelte. Es dauerte immer ein bisschen, bis sie aufmachte, aber sie war halt schon ein bisschen gebrechlich. Sie nahm die Brötchen und die Post entgegen, und wenn sie mich dann freundlich anlächelte, wusste ich wieder, dass ich ein gutes Gesicht hatte.

Wenn ich am Büdchen vorbeikam, hielt ich ein kleines Schwätzchen mit Grete, von der ich nur den Kopf kannte, genauer gesagt: das Kopftuch. Mehr bekam man von Grete nie zu sehen. Ich glaube, sie hat ihr Büdchen nur verlassen, wenn sie mal musste. Eines Morgens fragte mich Frau von Wronski, so hieß nämlich die alte Dame, ob ich ein wenig Zeit hätte. Sie hätte nämlich zwei Brötchen mehr bestellt und wollte mich einladen, mit ihr zu frühstücken. Ich war ziemlich überrascht und obwohl ich schon zu Hause gefrühstückt hatte, willigte ich ein. Es gab frisch aufgebrühten richtigen Bohnenkaffee aus einer silbernen Kanne mit einer zierlichen Tülle. Dazu reichte sie ein kleineres Kännchen mit frischer Sahne. Die Brötchenhälften waren belegt mit rohem Schinken, Frischkäse, einer dicken Scheibe Holländer Käse (hier sagt man ›Halve Hahn‹ dazu) und Himbeermarmelade. Etwas Köstlicheres hatte ich noch nie gegessen. Ich bedankte mich bei ihr mit einem Handkuss und sie lächelte wieder ihr warmes Lächeln. Als ich später bei Grete vorbeikam, zeigte sie auf die Kirchturmuhr und feixte:

»Na, haddet bei Karla heut wat länger jedauert?«

Ich wurde so rot wie die Schrift auf der Zeitung vor ihr.

»Welche Karla meinste denn?«, stotterte ich verlegen.

Sie konnte wahnsinnig breit grinsen, weil sie nie ihre Zähne reintat.

Irgendwann war ich dann mal morgens zu spät dran, weil ich am Vorabend das erste Mal mit Karla aus war und es dann spät geworden war. Frau von Wronski lächelte wissend.

»Junge, wenn du heute keine Zeit für mich hast, füttere ich die Brötchen an die Vögel hinten im Garten. Dann freuen die sich auch.«

Wieder wurde ich rot.

»Du hast doch mal erzählt, du bist eigentlich Schlosser oder so was, kannst du denn mal bei Gelegenheit nach dem Wasserhahn in der Küche gucken? Ich glaube, der ist nicht mehr ganz dicht.«

»Nach dem Dienst heute Mittag komme ich vorbei, versprochen!«

Was ich dann auch tat. Da musste sicher nur ein Stückchen neue Kordel reingeschraubt werden, und schon wäre er wieder dicht.

Als ich am Nachmittag kam, öffnete sie nicht. Ich schellte und klopfte, aber sie machte nicht auf. Ich lief zum Nachbarn und sagte ihm, dass Frau von Wronski mich eigentlich erwartete, aber nicht auf machte. Er hatte schon Telefon und rief vorsichtshalber die Polizei. Die öffnete gewaltsam die Haustür, hinter der Frau Wronski reglos am Boden lag. Sie war blutüberströmt, und am Kopf klaffte eine ziemlich große Wunde.

»Das kam mir direkt so komisch vor!«, sagte der Nachbar zum Polizisten.

»Mit der alten Dame verabredet und dann 'ne Rohrzange in der Hand!«

Das wurde mir in diesem Moment erst bewusst.

Der Polizist verständigte die Spurensicherung und nahm mich vorläufig fest, obwohl ich meine Unschuld beteuerte und ihm sagte, ich wäre doch überhaupt nicht im Haus gewesen. Ob ich mir vorstellen könnte, die Tür nach der Tat hinter mir zu gezogen zu haben, bevor ich dann zum Nachbarn gelaufen wäre, um mir ein Alibi zu besorgen, fragte er mich.

Ich war erst einmal ziemlich platt und folgte ihm kleinlaut in den Peterwagen. Was würde sein Chef dazu sagen? Was Grete? Und was würde Karla nun von ihm denken? Die Leute, die bisher immer so freundlich waren, würden fortan einen Bogen um ihn machen!

Einige Stunden später kam der Kommissar in meine Untersuchungszelle.

»Na, Berti, du kannst ja von Glück reden, dass wir auch Freund und Helfer sind. Die SpuSi hat herausgefunden, dass Frau von Wronski die Treppe hinuntergefallen ist. Es gab eindeutige Blutspuren auf der Treppe. Na ja, und deine Rohrzange war sauber, das hätte mir eigentlich direkt auffallen müssen. Also nichts für ungut, du kannst nach Hause gehen. Halte dich wohl zur Verfügung, das letzte Wort in dieser Angelegenheit muss der Untersuchungsrichter sprechen.«

Der hatte ja Nerven! »Nichts für ungut«, sagte er. Wahrscheinlich werde ich jetzt arbeitslos, die Nachbarn zeigen mit dem nackten Finger auf mich, und meine Freundin guckt mich wahrscheinlich gar nicht mehr an, ›nichts für ungut!‹ Und Frau von Wronski fehlt mir auch!

Ein paar Tage später flatterte auch noch ein Schreiben in meine Wohnung, das heißt, es handelte sich um eine Ladung, die flattern nicht, die musste man dem Postboten quittieren, sonst gab er sie nicht her.

Ich bin jetzt lange schon in Pension, Karla hat mich trotz der ganzen Aufregung geheiratet, wir haben zusammen eine reizende Tochter, die vor zwei Jahren ihren Doktor in Medizin gemacht hat.

Den Brief habe ich mittlerweile unterschrieben und eingetütet. Er geht an das Landesamt für Denkmalschutz, weil der Wasserhahn in der Küche tropft. Die zahlen das nämlich jetzt!

Ach ja, und die Ladung damals, die war nicht vom Untersuchungsrichter, sondern vom Notar, das habe ich damals in der Aufregung zuerst übersehen.

Heute kann ich darüber lächeln, wenn ich von dem schönen Bild an der Wand vor mir in das Wäldchen im Garten hinterm Haus hinausschaue und den Spatzen zusehe, wie sie sich über die beiden

Brötchen hermachen, die Karla und ich ihnen jeden Tag in die Futterhäuschen legen.

»Irgendwo auf der Welt gibt's ein kleines bisschen Glück, und ich träum davon in jedem Augenblick.«

Vogelgezwitscher

von Geertje Wallasch

Antwort an Saša

Ich will unheimlich eine schöne
heimelige wundervolle Zeit spielen
die Welt wie ich sie schön
finde fände gefunden haben
will zu spielen meine Welt

zu lieben die unheimlich
schöne Welt der Menschen
und dich und alle und mich
und weiter und weiter
und weiter …

Abschied

von Karlheinz Wende

Nein, geliebt haben sie sich nie!

Und noch nicht einmal für ein bisschen Sympathie hat es gereicht. Über längere Zeitabschnitte haben sie sich allenfalls toleriert. Das ist das Positivste, was sich zu dieser Beziehung sagen lässt. Es gibt die Liebe auf den ersten Blick. Genauso gibt es sicherlich die Abneigung auf den ersten Blick. Gibt es möglicherweise auch die Gleichgültigkeit auf den ersten Blick?

Bei den ersten Treffen auf neutralem Boden, die ohne besondere Vorkommnisse abliefen, bei denen sie kaum Interesse aneinander zeigten, konnten sie noch nicht ahnen, dass sie innerhalb einiger Wochen Konkurrentinnen sein würden. Oder unterschätzen wir hier die Intuition, das Einfühlungsvermögen und die Beobachtungsgabe von Hunden mal wieder?

Mein erster Hund, mein alter Rüde Zorro, mit einigem Wohlwollen als Pointermischling zu bezeichnen, war zehn und Cit de l` origine de faucon rouge, auf Agilityplätzen besser bekannt unter dem Namen Mäuschen, war sechs Jahre alt. Ich war gerade in Pension gegangen, hatte endlich für Hundeausbildung und Hundesport die Zeit, die ich mir gewünscht hatte, als mir eine zweijährige, zierliche, äußerst temperamentvolle Malinoishündin angeboten wurde, Kasside vom Rheurdter Land.

Dass Hündinnen miteinander oft massivere Schwierigkeiten haben als Rüden, insbesondere wenn es sich um zwei ›Damen‹ einer ohnehin sehr triebigen Rasse, wie Malinois es sind, handelt, war mir bekannt. Wie gravierend unterschiedlich theoretisches Wissen und Praxis im Zusammenleben sind, sollte ich in den folgenden Monaten nachdrücklich und eindrucksvoll demonstriert bekommen.

Belgische Schäferhunde gelten als sehr intelligent. Und auch in dieser Hinsicht schlugen meine beiden nicht aus der Art.

Nachdem sie mein Hundeduo zu einem Trio erweitert hatte, schien Kasside sich problemlos einzufügen. Aber wer genau beobachtete, musste feststellen, sie sondierte die Lage. Der alte Zorro war unangefochten die Nummer eins in dieser Gemeinschaft, aber Kronprinzessin zu werden und Mäuschen von Rang zwei zu verdrängen, das schien ihr möglich zu sein. Und sie begann nach wenigen Wochen der Beobachtung, dieses Projekt systematisch und beharrlich in Angriff zu nehmen.

Es fing an mit kleinen Provokationen gegenüber der älteren Hündin, Fixieren, Anrempeln, den Weg abschneiden, kurzes Hochziehen der Lefzen, Kopf auf den Rücken der anderen legen.

Bei flüchtiger Beobachtung konnte man das für Zufälligkeiten im Vorbeigehen halten. Aber die Kommunikation unter Hunden, insbesondere per Körpersprache, ist für uns, in dieser Hinsicht recht degenerierten Menschen, oft kaum wahrnehmbar. Das sind Aktionen und ›Aussagen‹, die durch winzige Gesten in Sekundenbruchteilen vonstattengehen, dennoch von keinem Kaniden missgedeutet werden können.

Ich glaube aber, meine Beobachtung täuschte mich nicht, dass Kasside ihre Nadelstichtaktik immer nur dann ansetzte, wenn sie den Eindruck hatte, ich bekomme es nicht mit.

Erst später wurde mir klar, dass es keinesfalls Schwäche ist, sich das alles von einer jungen Hündin bieten zu lassen und wie souverän und selbstbewusst ein Hund wie Mäuschen gewesen sein muss, diese ständigen Provokationen, die sich im Laufe der Zeit phasenweise bis zum Mobbing steigerten, fast völlig zu ignorieren.

›… wahre Stärke liegt darin, über die Waffen zu verfügen, ohne sie zu benutzen‹, schreibt Shaun Ellis in seinem Buch ›Der mit den Wölfen lebt‹.

Zurechtweisungen durch Mäuschen oder mich zeigten bei Kasside lediglich Wirkung in der Größenordnung von Minuten.

Aber irgendwann war auch die Geduld der älteren Hündin erschöpft. Und von diesem Zeitpunkt an, wurde der Streit um Rang zwei in des Wortes wahrster Bedeutung mit ›Verbissenheit‹ geführt.

Es ist furchtbar mit anzusehen, wenn ein großer starker Hund mit respekteinflößendem Gebiss über einem anderen steht, im Begriffe zuzubeißen. Über einem unter ihm liegenden Hund steht, den man auch liebt.

Unter Rüden ist so etwas normalerweise irgendwann ausgekämpft und geklärt. Hündinnen entwickeln aber nicht wie ihre männlichen Artgenossen Beißhemmungen.

Verschiedene Leute haben mich ausgelacht, dennoch bin ich mir sicher, dass es sich bei einigen Attacken von Mäuschen geradezu um Mordversuche gehandelt hat. Glücklicherweise bin ich immer noch rechtzeitig dazwischen gekommen und habe die beiden, wenn auch unter Schwierigkeiten und eigenen Kratzern, Schrammen und Wunden trennen können.

Kasside war körperlich eindeutig unterlegen. Trotzdem haben diese dramatischen Zwischenfälle und ihre Folgen bei ihr nie lange vorgehalten und keinesfalls die Einsicht geweckt, dass ihr Verhalten geradezu eine spezielle Art des Selbstmordes darstellte.

Spätestens nach einigen Wochen begann das ›Spiel‹ von Neuem und die Provokationen nahmen, sich langsam steigernd, wieder zu. Und das, obwohl ich einige Male nach solchen Auseinandersetzungen mit ihr zur Tierärztin unseres Vertrauens fahren musste, um ihre teilweise nicht unerheblichen Verletzungen versorgen zu lassen.

Sechs Jahre haben sie gemeinsam mit mir verbracht, ehe Mäuschen, gerade einmal zwölfjährig, verstarb. Sie lag in meinem

Schlafzimmer auf ihrer Decke und ich wollte Kasside noch einmal zu ihr führen, um sie Abschied nehmen zu lassen.

Von dem, was ich nun miterleben sollte, bin ich auch heute noch stark beeindruckt, wenn ich daran denke.

Zwei Jahre zuvor hatte ich erlebt, wie Mäuschen und Kasside Zorros Tod aufgenommen hatten. Es machte eher den Eindruck von Beiläufigkeit und Teilnahmslosigkeit.

Aber das hier!

Minutenlang stand meine sonst immer in Bewegung befindliche Kasside regungslos da und starrte auf ihre nun tot vor ihre liegende ehemalige Rivalin.

Was mochte in diesem Kopf jetzt vorgehen?

Mehrmals versuchte ich eine Decke über Mäuschen zu breiten. Aber Kasside zog sie jedes Mal vorsichtig mit ihrer Pfote wieder weg und blieb weiterhin wie versteinert stehen. Sie bewegte sich keinen Zentimeter von der Stelle, lief nicht um die tote Hündin herum, gab keinen Laut von sich. Sie stand ergriffen da, wie wir Menschen an der offenen Gruft bei Beerdigungen auch dastehen.

Zu welchen Gefühlen sind Hunde fähig? Freude und Trauer selbstverständlich. Aber sind sie auch zu Einsichten fähig, auf die wir Menschen glauben, ein Monopol zu besitzen, wie etwa zu der Erkenntnis, dass ihnen eventuell etwas leidtut.

Können Tiere vom Tod eines Artgenossen genauso betroffen und erschüttert sein wie wir Menschen auch? Selbst vom Tode eines ungeliebten Artgenossen?

Nichts in Kassides Verhalten deutete auf Gleichgültigkeit oder gar Zufriedenheit und Triumph hin, nun endlich über den Umweg des Todes der älteren Hündin, ihr Ziel erreicht zu haben.

Ich weiß nicht, wie lange sie und ich so dagestanden haben. Auch nachdem ich versucht hatte, sie aus dem Zimmer zu ziehen, stand sie ständig vor der Türe, scharrte, kratzte mit der Pfote daran, lief immer wieder zu der Türe, winselte, wiederholte ihr Kratzen und Scharren, um in den Raum zu kommen, bis wir Mäuschen einige Stunden später beerdigen konnten.

Auf mich machte das den Eindruck von Verzweiflung, auch wenn ich das möglicherweise zu vermenschlicht sehe.

Der Abschied von Mäuschen, an der ich so gehangen habe, war für mich schwer. Der Abschied, den Kasside von ihr nahm, hat mich erschüttert.

Sie ist dieselbe temperamentvolle, arbeitswütige Hündin geblieben, aber in ihrem Wesen ist sie von diesem Zeitpunkt an ruhiger, überlegener und reifer geworden.

Die Unzertrennlichen

von Karl Kreifelts

Am Anfang war der Wasserstoff. Einfach schlucken und glauben. Schließlich war bei unserer Geburt kein Mensch dabei. Und mein Zwillingsbruder und ich bestehen schließlich nur aus Protonen und Neutronen. Das ist nach heutigem Erkenntnisstand die Urmaterie. Na ja, zwei Elektrönchen sind auch mit von der Partie. Über meine Geburt ist noch nicht viel Genaueres bekannt. Man hat errechnet, dass vom Zeitpunkt meiner Zeugung, bei der es ganz schön geknallt haben soll, bis zu meiner Geburt etwa 300.000 bis 400.000 Jahre vergangen sind. Komplexere Lebewesen werden eher ins Leben entlassen.

Ein schlauer Mensch (von meiner Sorte sind auch da jede Menge drin) hat einmal gesagt, dass der Urknall abhängig sei von der Universalität der Naturgesetze. Wenn es also in Ankara ein Arschloch gibt, muss es auch in Washington und mittlerweile auch in London eines geben. Weil, was an dem einen Ort gilt, muss auch an den anderen gelten. Hinzu kommt die Notwendigkeit der Existenz einer Quantenfeldtheorie, um das damalige Universum zu erklären. Wie oft habe ich schon versucht, einem Menschen das zu erklären! Nicht einmal Einstein hat das verstanden! Dabei hätte er mir ruhig glauben können: ich war schließlich von Anfang an dabei.

Nun ja, ich wurde also im zarten Alter von 356.829 Jahren geboren. Verglichen mit euch bin ich also steinalt, und deswegen habe ich auch schon viel gesehen, und deshalb bin ich klug und weise. Ich sage immer »ich«, dabei gehe ich nie ohne meinen Zwillingsbruder aus, den ich allerdings erst kennengelernt habe, als es draußen etwas kühler und die Temperaturen angenehmer wurden. Da traf ich dann meinen Zwillingsbruder. Wir glichen uns wie ein

Proton (naja, plus Neutron und Elektron) dem anderen. Wie es dazu kam, erspare ich euch lieber; ich habe es selber kaum verstanden.

Aber die Menschen waren da auch nicht schlauer. Wir bekamen die ulkigsten Namen:

- Hun Dun, die urzeitliche Formlosigkeit
- Prakriti (dabei brichst du dir die Zunge)
- Απεῖρον (ihr wisst Bescheid)
- Χωρα (kennt doch jeder)
- Hypokeimenon (klingt auch irgendwie klug und gebildet)

Jedenfalls waren wir nun zu zweit, beide halb nackt. Meine anfangs nur spärlich vorhandene Hülle oder besser Außenschale (ein Elektron, wobei ich nie wusste, wo es gerade war) ergänzte mein Bruder mit einem zweiten, sodass wir ständig von Elektronen umschwirrt waren, die uns vor fremden Einflüssen jedenfalls leidlich schützten und uns untrennbar verbanden, wie wir annahmen.

So flogen wir vor uns hin, frei im Universum, das nun immer größer wurde, und wir fragten uns, was der Sinn unseres Lebens sein sollte. Natürlich war uns das unklar, bis wir Artgenossen trafen, die schon mehr Erfahrung hatten. Wir wollten auch andere Atome kennenlernen und mit ihnen eine Gemeinschaft bilden. Aber wir machten die Erfahrung, dass diejenigen, die uns ein Stück voraus waren, auch nicht das große Los gezogen hatten. Wir trafen ein Kollektiv von vier von uns und einem Carby. Die fünf waren ständig in Gefahr, angezündet und in ihre Einzelteile zerlegt zu werden. Besser verlief da eine lustige Fete, bei der wir ein paar sexy Oxies kennenlernten. Die hatten sogar zwei Hüllen, waren dabei sehr kontaktfreudig. Zwei Oxies nahmen es mit zwei Brüderpaaren von uns auf; ich kann euch sagen, das lief dann ziemlich flüssig, und die Vereinigung mit ihnen war ein Kracher! Nur, dass unsere Oxy sich nie zwischen mir und meinem Bruder entscheiden konnte und sich immer zwischen uns gedrängt hat, war ziemlich aufdringlich. Die hat doch tatsächlich versucht, uns zu trennen, zu ›dissoziieren‹, wie sie es nannte. Na ja, Oxies!

Auf einer Fete trafen wir auch mal eine gewisse Sulfana. Auch die wollte gleich zwei von uns, aber das hat uns gestunken; so sind wir schnell verduftet. Eine unserer besten Freundinnen war Heli, die aus Zweien von unserer Sorte durch innige Liebe (auch Kernfusion genannt) untrennbar zusammengeklebt wurde, und die niemals jemandem etwas tat. Sie hatte allerdings wahnsinnige Bindungsängste und konnte wahnsinnig hoch singen. Sehr interessant und imposant war auch die dicke Osmine, die sich aber lieber mit dem coolen Wolfram vergnügte. Sogar geheiratet hat sie ihn. Erst sehr viel später sollte ihr ein Licht aufgehen; aber da war es schon zu spät. Als sie merkte, was der Wolfram für ein harter Typ war, ist sie dann einfach durchgebrannt. Ein tragisches Schicksal!

Mein Bruder und ich sind nach mehrmaligem Fremdgehen, beispielsweise damals mit dem Carby, der mich durch seine ziellose Partnersuche (immerhin hatte er vier lüsterne Elektronen auf der Außenschale) jäh zu ersticken drohte, immer wieder zusammengekommen, obwohl wir nicht unzertrennlich sind, wie ihr gehört habt. Es kommt immer wieder vor, dass jemand uns ein (oder zwei) Elektronen reicht. Dann greifen wir bedenkenlos zu und nehmen ihn in unsere Bindung, egal, woher er kommt. Wir sind eben vorurteilsfrei multi. Von Anfang an bis in (kurz vor der) Ewigkeit. Aber wenn mir das irgendwann zu bunt wird, mache ich einem Bruder einen Antrag, ob wir uns nicht verschmelzen und ein Heli werden sollen.

Schwarz

von Frank Hönl

Taro beobachtete den Blutstropfen, der sich an der Kante der schweren Glasschale gegen die Gravitation stemmte. Er würde ihr schließlich unterliegen. Wie alles irgendwann einer übergeordneten Kraft unterlag. Einen Augenblick später schlug er dumpf auf dem abgenutzten Linoleumboden auf.

Taro hatte es getan. Ein Kokon der Stille hüllte ihn ein. Der Streit mit Vera war unwiederbringlich in Raum und Zeit verschwunden. Er genoss den Moment des Friedens und der inneren Klarheit. Wenn er sich jetzt auch nur ein wenig bewegte oder das geringste Geräusch von sich gab, riss es ihn in die Realität zurück. Nur noch eine kleine Weile wollte er hier sitzen bleiben. Behutsam schloss er die Augen. Die Schwärze trug ihn an den Tag, an dem er den Entschluss fasste.

»Es wird immer voller hier.«

Vera blieb stehen und legte den Kopf in den Nacken.

»Ich weiß gar nicht, warum ich überhaupt mitgekommen bin und was du eigentlich hier willst?«

Er hatte tief durchgeatmet und ihre Hand ergriffen, die sie jedoch gleich wieder wegzog.

»Das haben wir doch besprochen. Ich möchte nur, dass wir es uns anhören.«

Vor einer Dekade war die Drohne aus der alten Welt in die Umlaufbahn von Procul eingetreten. Eine Flaschenpost von der Erde. Nach vielen Hundert Jahren die erste Nachricht vom Ursprung der Menschheit. Die neue Welt, Procul, war nie das geworden, was die Menschheit sich von ihr erhofft hatte. Der Planet setzte sich zur Wehr. Es schien sogar, dass er seine Abwehrmechanismen gegen die Eindringlinge von Generation zu Generation verfeinerte. Die

Versuche, ihn nach erdähnlichem Vorbild zu kultivieren, waren fehlgeschlagen oder nur unter größten Widrigkeiten umsetzbar. Nahrungsmittel mussten in speziellen Gewächshäusern angebaut werden. Kaum eine hier heimische Pflanze, war ohne Veredelung genießbar. Das Terraforming, dass die ständigen Stürme und anhaltenden Niederschläge bezwingen sollte, war vor knapp zweihundert Jahren als gescheitert erklärt worden. Zu groß der Aufwand und zu gering der Nutzen. So lebten die Siedler jeden Tag im Kampf mit ihrer neuen Heimat, die für viele keine Heimat war. Die Menschen begannen sich zu erinnern, dass sie schon einmal zu neuen Ufern aufgebrochen waren. Doch die Technologie, die sie einst hierher brachte, war nicht mit ihnen gekommen. Niemand hatte daran geglaubt, sie jemals wieder einsetzen zu müssen.

Dann der Tag, an dem die Drohne erschienen war und eine Botschaft verkündete. Die Erde suchte ihre Kinder. Die Informationen, die sie mit sich trug, waren unterschiedlich aufgenommen worden. Die einen sahen einen Hoffnungsschimmer am Horizont, andere konnten mit den Verheißungen nicht das Geringste anfangen. Weltraumtechnologie war, angesichts der Probleme, die es am Boden zu bewältigen gab, nicht entwickelt. Reisen durch den Weltraum, allein die bloße Vorstellung den Planeten zu verlassen, war für viele so weit entfernt wie der blaue Planet, den man nur aus dem Geschichtsunterricht kannte.

Doch die Drohne hatte auch ein Geschenk mit sich geführt. Den Schlüssel eine erneute Reise anzutreten und jetzt sahen einige die Zeit dazu gekommen.

»Nein«, Vera schüttelte mit dem Kopf, »du hast gesprochen, ich habe dir nur zugehört.«

Taro verzog den Mund zu einem gequälten Lächeln.

»Nicht mal richtig zugehört hast du«, dachte er.

»Lass uns doch wenigstens …«

»Nicht heute, vielleicht nächste Woche oder in einem Monat. Ich fühle mich nicht gut.«

Sie drehte sich um und ließ sich von einer Gruppe mitreißen, die die Ratshalle verlassen wollte. Für einen kurzen Moment überlegte er, sich allein in der Schlange anzustellen, doch ohne sie hatte das wenig Sinn. So folgte er ihr widerwillig. Draußen schlug ihm heftiger Regen entgegen, der sich aus tiefschwarzen Wolken entlud. Taro schlug den Kragen seines Mantels nach oben und suchte Vera. Er fand sie auf der anderen Seite des Platzes. Ihre rote Regenjacke hob sie aus ihrer Umgebung hervor. Er ging auf sie zu.

»Lass uns nach Hause gehen«, sagte sie, ohne aufzublicken.

»Es wird heute nicht mehr aufhören zu regnen und ich möchte nicht den ganzen Tag hier herumstehen.«

»Und was kommt nach dem Regen?«, fragte Taro und schob die Hände in die Seitentaschen.

»Was meinst du?«

»Ich meine, was kommt danach?«

Sie hob den Kopf und sah ihn mit leicht zusammengekniffenen Augen an. Es war dieser ›ich kann dir doch nicht alles erklären Blick‹, das Einzige, was er wirklich an ihr hasste.

»Danach«, fuhr er fort, »kommt die schwüle Luft und die Blitze. Der Himmel«, er deutete mit der flachen Hand nach oben, ohne seinen Blick von ihr abzulassen, »ist immer dunkel und wenn wir wirklich mal die Sonne sehen, ist sie so grell, dass wir ohne Schutzanzug nicht nach draußen können. Und an den wenigen Tagen im Jahr, an denen es einigermaßen erträglich ist, greifen alle möglichen Pollen unsere Atemwege an. Nur zwei Prozent dieser Kugel«, er beschrieb eine ausladende Geste, »wird nicht von Vulkanausbrüchen heimgesucht. Und es wird nicht besser. Selbst zu unseren Lebzeiten ist es immer schlimmer geworden. Willst du wirklich für den Rest deines Lebens hierbleiben?«

Es war die Frage, die er ihr in den letzten zehn Jahren schon so oft gestellt hatte. Heiter, ernst, besinnlich, geschrien oder geflüstert, ihre Antwort war stets die gleiche geblieben.

— Hier ist unser Zuhause —

Auch jetzt setzte sie wieder an, doch er hob abwehrend die Hände.

»Ich will nicht für immer an diesem Ort bleiben.«

Er hatte seine ganze Überzeugungskraft in diesen Satz gelegt. Sie sah ihn nur an. Lange, und ohne eine Regung.

»Dann musst du allein gehen«, kam es ihr schließlich über die Lippen.

Sie hatte an jenem Tag noch mehr gesagt, doch dieser eine Satz war geblieben.

»Dann musst du allein gehen.«

Regentropfen trommelten gegen das Küchenfenster. Taro öffnete die Augen und nahm einen tiefen Atemzug. Langsam streckte er seinen Oberkörper und stellte behutsam die Glasschale beiseite. Mühsam kam er auf die Beine. Auf der anderen Seite des Tisches lag sie auf dem Boden, den leblosen Blick auf den schwarzen See ihres eigenen Blutes gerichtet. Es hatte nur diesen einen Weg für sie beide gegeben. Sie konnten nicht gemeinsam bleiben und auch nicht gemeinsam gehen. Sie war nicht bereit, mit ihm neu anzufangen, und er nicht in der Lage den Status quo in dieser Welt aufrechtzuerhalten.

Taro ging zur Spüle und ließ lauwarmes Wasser über die Hände laufen. Dabei blickte er aus dem Fenster. Draußen war alles wie immer. Nichts von dem, was hier geschehen war, nahm einen Einfluss darauf. Die grauen Fassaden der Stadt standen stumm und teilnahmslos wie eh und je. Sie erhoben keine Anklage und spendeten keinen Zuspruch. Selbst sein Hass prallte wirkungslos an ihnen ab. Nein, er prallte nicht ab und es entstand auch kein Echo, er wurde absorbiert. Diese Welt nährte sich von der Energie der Menschen.

Sie entzog ihnen alles. So sehr sie sich auch bemühten und so oft sie es versuchten. An einem solchen Ort konnte man nichts verändern.

Vera hatte den Preis dafür bereits bezahlen müssen. Diese Welt hatte ihr die Hoffnung auf einen Neuanfang genommen und schließlich auch ihr Leben. An einem Ort, an dem es möglich war, die Liebe zu absorbieren, gab es keine Zukunft für die Menschheit.

Potpourri der Sinne

von Geertje Wallasch

Riechst du den Duft
des Waldes, fühlst du die Rinde
des Baumes am Wegesrand.
Schmeckst du den Duft der Luft,
auf den Wegen, das Knirschen
des Sandes unter deinen Füßen.

Schmeckst du das Salz
auf der Zunge. Am Meer, wo
die Möwen rufen und schreien,
fallen und wieder steigen.
Der Klang berauscht das Ohr,
das schmecken kann auf diese Weise.

Hörst du den Klang der Worte,
die Worte, die deine Sinne erreichen.
Die Worte, die einen Inhalt bündeln:
der einen Sinn ergibt. Worte, die dich
denken, spüren, auch schmecken
lassen den Lauf dieser Welt.

Siehst du die Sonne am Himmel,
die dich blendet und dir spendet
das Lebenselixier, das du brauchst.
Das du liebst, weil es dich wärmt,
deinen Körper, auch dein Herz,
während du gehst durch die Welt.

Spürst du den Wind, der rauscht,
mal leise, mal laut, auch mal ein Sturm.
Der die Bäume bewegt, rüttelt am Haus.
Regentropfen klopfen an die Scheiben,
bringen eine leise Melodie auf
die Fenster, durch die du schaust.

Bemerkst du den Sinn, der bündelt
zu einem Strauß in bunter Vielfalt.
Der sortiert, auseinander dividiert.
Multipliziert zu einem großen Ganzen,
das dich im Kleinen berührt:
dein unverzichtbarer sechster Sinn.

Sand und Stein

von Tilmann Schipper

Die Gruppe bestand aus fünf Kindern, drei Jungen, zwei Mädchen. Von den Fünfen waren Ulrich und Hans die engsten Freunde.

»Wie Pech und Schwefel. Irgendwann heiraten die noch«, meinten die Eltern unabhängig voneinander.

Die Eltern kannten sich nicht einmal, Ulrichs Vater war Beamter. »Eine andere Welt«, meinte Hans Vater.

Ulrichs Eltern hatten Ende der 60er Jahre schon einen Opel Rekord, Modell C, wie Ulrich stolz verkündetet. Hans Eltern fuhren ihren ersten Käfer. Hans kannte das Modell nicht, nur dass es kein Brezelkäfer war, das hatte ihm sein Vater eingeschärft.

Sobald sie ihre Hausaufgaben gemachte hatten, trafen sie sich meist im großen Garten bei Hans, denn Ulrich und seine Eltern lebten in einer Etagenwohnung.

»Die haben eben nur den Rekord und keinen Garten«, bemerkte Hans Vater dann immer, sah er die Jungen im Garten.

Den Jungen war das ziemlich egal. Wollten sie Geheimnisse austauschen, oder der eine zeigte dem anderen etwas Neues, manchmal erzählten sie sich auch nur einen Witz, den sie bei Erwachsenen aufgeschnappt hatten, liefen sie in den Kaninchenstall am hinteren Ende und krochen zwischen die Strohballen. Diesen Ort hatten die Jungen sich eingerichtet, immer passten sie auf, dass keiner ihn entdeckte.

Am späten Nachmittag eines heißen Sommertags in ihren Schulferien spielten beide gemeinsam ihre Version der letzten ›Tour de France‹. Wer welcher Fahrer war, interessierte sie nicht. Die einzelnen Etappen waren einfach zu fahren. Immer wieder von vorne den langen Zaun entlang. Da konnten sie richtig Fahrt aufnehmen. Ulrich brachte sein Fahrrad und was noch wichtiger war, seine neue Armbanduhr mit Sekundenzeiger mit. Abwechselnd fuhr einer die Zaunetappe, der andere maß die Zeit. Der Zeitnehmer hatte auch die Aufgabe das Band am Ziel zu halten. Damit die Jungen ihr Spiel zu zweit spielen konnten, hatten Sie eine Seite des Bandes am Gartenzaun befestigt. Das andere hielt der Zeitnehmer in der Hand. Da die Jungen nichts Besseres gefunden hatten, nahmen sie Pressengarn aus Sisal, das fand sich immer genug auf den Stoppelfeldern ringsherum.

Ulrich fuhr die nächste Etappe. Hans hielt die Uhr links und das Sisalband rechts fest in seinen Händen. Ulrich startete und nahm schnell Fahrt auf. Die Strecke verkürzte sich schnell, rasend schnell und Hans schaute mit Erstaunen auf die Uhr. Es war fantastisch, so schnell hatte auch er noch nie eine Etappe gewagt. Wie die Zuschauer entlang der Strecke riss er seine Arme hoch und jubelte. In Ulrichs Gesicht wurde die Anstrengung durch die Freude auf den anstehenden Gewinn abgelöst. Und so fuhr er in das hochgestreckte Sisalband und es schnitt Ulrich in den Hals und Hans in die Handfläche.

Das Blut der Jungen floss und ihr lautes Schreien war unüberhörbar im Garten. Hans Mutter stürzte aus einem Gemüsebeet herbei und kümmerte sich nicht um den heulenden Hans, sondern um den am Boden liegenden, nach Luft schnappenden, blutenden Ulrich. Knapp oberhalb des Adamsapfels war der Schnitt durch das Sisalband in einer gradlinigen, quer laufenden Wunde erkennbar. Der Junge wimmerte und fasste sich immer wieder an die Wunde. Die Mutter versuchte Ulrich daran zu hindern. Sie herrschte ihren Sohn an, zu Ulrichs Eltern zu laufen und diese zu holen.

»Und dann will ich dich hier nicht mehr sehn, verschwinde auf dein Zimmer«, schrie sie ihm nach.

Hans erinnerte sich später nicht mehr daran, wie er Ulrichs Eltern Bescheid gegeben hatte, wie deren Reaktion war, was diese dann taten. Ihn schmerzte seine Hand, doch niemand sorgte sich um ihn. Er empfand das alles als ungerecht. Niemand sorgte sich um ihn, selbst seine Eltern waren nur an Ulrichs Wunde interessiert. Seine Wunde schmerzte ebenso, es war doch nicht seine Schuld gewesen, das Ulrich unbedingt so schnell fahren wollte. Und absolut ungerecht fand er die zwei Ohrfeigen, die sein Vater ihm später am Abend verpasste. Er hatte doch auch Schmerzen.

»Du kannst froh sein, wenn Ulrich nicht seine Stimme verliert. Und seine Eltern möchten dich nie wieder in seiner Nähe sehen. Warum könnt ihr verdammten Racker nicht etwas Anständiges spielen.«

Die Tür knallte in Schloss.

Noch bevor das neue Schuljahr begann und Hans Ulrich wieder begegnete, zog Hans Familie in eine andere Stadt. Das geschah nicht wegen des Unfalls, nur wegen Vaters Arbeit. Und die Eltern hatten ihn und seine Geschwister gefragt. Seine Geschwister wären lieber geblieben, er stimmte dem Umzug zu, denn vor der nächsten Begegnung mit Ulrich, ›er soll angeblich eine breite rote Narbe am Hals haben und nur noch Rollkragenpullover tragen‹, erzählte ihm sein älterer Bruder, hatte er Angst.

»Feigling«, bemerkte sein Bruder und ihm wurde schlecht.

Kinder, so heißt es, würden schnell vergessen. Hans vergaß Ulrich nie. Aber er unternahm auch später nichts, Ulrich wiederzufinden. Die Angst vor einer Begegnung mit Ulrich und sei es auch nur im

Brief, sorgte für Bauchschmerzen oder wie seine Mutter meinte: »Das schlechte Gewissen.«

Hans fand neue Freunde, wenn er auch mit Ihnen nie wie mit Ulrich seine Geheimnisse und Wünsche teilte. Diese blieben Ulrich vorbehalten.

Kurz nach 8 Uhr am Morgen betrat Hans mit Ute den Frühstücksraum ihres Hotels. Eine Servicekraft führte sie zum Tisch und stellte die obligatorische Frage zu ihren Frühstückswünschen. Der Tisch befand sich weit hinten im Raum. Ute wählte direkt den Platz mit der besten Aussicht nach draußen. Sein Ausblick wurde durch eine breite Pflanze behindert, dafür war der Blick frei in den Raum, auf die weiteren Gäste, welche sich im Raum befanden oder diesen betraten und verließen.

Der Mann, der mit einer Frau den Raum betrat, trug ein hochgeschlossenes Hemd, obwohl die Raumtemperatur bereits mehr als 20° C betrug. Hans brauchte nicht nachzudenken oder die Narbe am Hals zu sehen, er erkannte Ulrich sofort. Natürlich war das nicht der Junge von 11 Jahren. Ulrich und er waren 58, aber Ulrich, der als Kind immer etwas dicker war, trug im Gegensatz zu Hans keinen Vorbau mit sich. Er wirkte sportlich und jünger. Sein Blick wanderte ruhig durch den Raum, traf für Momente Hans und wandte sich dann dem zugeteilten Tisch zu, an welchem seine Frau bereits Platz nahm. Der Schweiß legte sich spürbar kalt auf seinen Rücken, er verlor einen Augenblick seinen Atem, dann atmete er auf, Ulrich setzte sich mit dem Rücken zu ihm.

»Ist dir nicht gut?«

Ute sah ihn fragend an. Was sollte er sagen, dass ein Geist wieder da ist.

»Alles in Ordnung. Ich dachte nur daran, was wir heute unternehmen«, log er sich selbst vor.

»Ich dachte, das hätten wir schon geklärt. Zuerst geht es an den Strand. Bald ist Ebbe und da ist er so unglaublich breit.«

»Sicher, haben die ja im Fernseher gezeigt.«

Eindeutig, er war nicht bei der Sache.

»Was ist los? Du wirkst ja irgendwie erschrocken oder nervös. Ist etwas passiert?«

Utes Blick hasste er, wenn sie so scharf schaute, er fühlte sich dann immer ertappt.

»Nein, ich sagte bereits, es ist alles in Ordnung.«

Seine Stimme klang ärgerlich, gestört und nervös. Ute kannte diese Stimmung, sie ließ ihn in Ruhe.

Er wusste nicht, wie er das Frühstück beenden sollte, ohne an Ulrichs Tisch vorbei zu müssen. Da er jedoch mit Ute den Raum gemeinsam verließ, ergab sich die Möglichkeit an ihrer Außenseite zu flüchten, ohne Ulrichs Aufmerksamkeit zu gewinnen.

Doch auch wenn eine Insel grün ist, hohe Hecken, kleine Wälder und weitläufige Dünen hat, einsam ist kein Gast. Irgendwann, spätestens wenn die Tagesgäste am Abend fort sind, wächst die Gefahr einer Begegnung mit Menschen, denen man nicht begegnen möchte. Hans und Ulrich brauchten dazu nicht lange. Sie trafen beim Höhepunkt der Ebbe auf dem weitläufigen Strand aufeinander. Ulrich nickte ihm wortlos zu, er zurück.

»Kennst du das Ehepaar?«

»Sie wohnen auch in unserem Hotel.«

Seine Stimme zitterte.

»Wann hast du sie denn gesehen?«

»Beim Frühstück.«

»Ach so. Sag mal, bist du erkältet?«, stellte Ute fest.

»Das ist nur der Wind«, wich er aus.

»Ich sprach mit Ingrid. Eine sehr nette Frau.«

»Wer ist Ingrid?«

Sie saßen im Frühstücksraum.

»Die Frau des Ehepaares, welchem wir gestern am Strand begegneten und die auch hier im Hotel wohnen.«

Hans fiel die Gabel mit Rührei aus der Hand.

»Ulrichs Frau?«

Sein Blick zeigte blanke Angst. Was wusste Ute bereits?

»Sag mal, was ist eigentlich los? Du benimmst dich ja wie ein kleiner Junge, der bei irgendeinem Unsinn erwischt wurde.«

»Es ist möglicherweise ein Freund aus meiner Kindheit. Er kam mir irgendwie bekannt vor.«

»Das ist doch schön, dann sollten wir gemeinsam etwas unternehmen.«

»Sei bitte nicht so voreilig, ich sagte nur möglicherweise.«

»Ingrid und ich machen heute Nachmittag einen Spaziergang am Strand, wir haben uns für zwei Uhr verabredet. Kommst du mit, ich glaube, ihr Mann kommt mit.«

Das war der Schlag, vor welchem er sich gefürchtet hatte. Ute machte wieder ganze Sachen. Sein Magen begann sich zusammenzuziehen. Zwei Tage lang bemühte er sich erfolgreich darum, den beiden aus dem Weg zu gehen. Immer hatte es geklappt. Und jetzt.

»Mal sehen. Ich habe Halsschmerzen.«

Er ging mit, besser, er schlich hinterher. Die Frauen und Ulrich verließen das Hotel, Hans folgte zirka zehn Minuten später.

»Ein dringendes Telefonat, du weißt schon.«

»Ich weiß nur, dass du gefälligst mitkommst. Ute freut sich schon, dich kennenzulernen.«

Nicht die Worte, die Tonlage signalisierte ihm, besser zu folgen. Aber die 10 Minuten brauchte er.

Am Strand betrug der Abstand vielleicht 20 Meter. 20 Meter, die er exakt einzuhalten versuchte. Die drei amüsierten sich gut miteinander. Trotz der Wärme hielt Ulrich seinen Hemdkragen geschlossen. Dann begann er sich zurückfallen zu lassen. Hans bemerkte es zu spät, er hatte sich von einigen Kitesurfern ablenken lassen. Bevor er den Abstand zu ihm vergrößern konnte, stand er vor ihm.

»Na Hans, hast du mich erkannt?«

»Jetzt wo du mich ansprichst, ja.«

»Deine Frau meinte, bereits vorgestern, als wir in den Frühstücksraum kamen.«

»Ja, möglich, aber da war ich mir nicht sicher. Das sagte ich Ute auch.«

»Dich habe ich beim rausgehen erkannt. Du hast noch den gleichen Gang wie damals.«

Das Gespräch stockte. Beiden war die Situation unklar. Beide fühlten sich unwohl.

»Warum hast du dich nach dem Tag nie mehr gemeldet?«

Er druckste herum. »Wir, wir sind weggezogen. Wegen der Arbeit …«

»Na und! Meine Adresse hattest du.«

»Meine Eltern haben mir den Kontakt zu dir verboten«, hechelte er hervor und schob eilig nach, »deine Eltern wollten auch nicht, dass wir noch miteinander sprachen.«

Er dreht sich etwas zur Seite, um mehr Abstand zwischen ihnen herzustellen.

»Blödsinn, wenn du es gewollt hättest, wärst du der letzte gewesen, der keinen Weg gefunden hätte. Wir waren doch Freunde, wir tauschten doch alles miteinander aus. Hattest du das vergessen?«

Seine Stimme hatte sich verändert, ihre Neutralität verloren, Schärfe gewonnen und Düsternis, Enttäuschung und Verlust.

»Hans, du hast mir damals fast den Kopf abgetrennt. Ist dir das eigentlich klar, dir wirklich klar?«

»Verdammt, es war doch keine Absicht, wir spielten das Radrennen«, erwiderte er leise.

Ulrich stoppte abrupt.

»Scheiße, was soll das? Hat dir der Schnitt irgendwelche Nachteile eingebracht? Haben Sie dich dafür in der Schule gehänselt? Gefragt, ob dir nach der Bekanntschaft mit der Guillotine der Kopf wieder angenäht wurde? Hast du irgendwann, irgendetwas von meinen Problemen gehört?«

Hans spürte die aufsteigende Wut in Ulrich. Er schluckte und schüttelte den Kopf.

Ulrich sprach ganz ruhig.

»Sie schmerzt heute noch, immer wenn das Wetter umschlägt. Dann bekomme ich auch manchmal schlecht Luft, weil die Luftröhre auch etwas abbekommen hat. So genau weiß ich es nicht mehr.«

Er packte Hans an der Schulter und drehte ihn voll zu sich herum. Hans versuchte sich ihm zu entziehen, doch sein Griff war fester, fester als er es für möglich gehalten hatte. Mit seiner freien Hand fuhr er zum Hemdkragen und öffnet den Knopf. Die dunkelrote Narbe war breiter und wulstiger als in all seinen Ausmalungen. Hans schluckte hörbar.

»Toll was. Ein Freak bin ich, hat noch vor kurzem ein junger Kollege gesagt, der mich abends bei der Hitze mit geöffnetem Hemdkragen sah.«

Irgendwie klang es wie ein Lachen und er gab Hans frei.

»Wir waren Kinder …«, versuchte Hans sich zu entschuldigen.

»Wir waren Freunde. Jedenfalls dachte ich das. Aber du hast mich hängen lassen.«

»Ich wollte doch nicht. Ich wusste nicht wie. Ich …«

»Ich, ich, ich. Warum haben wir uns nur hier getroffen?«

»Verdammt nochmal, kapiere endlich, ich konnte nichts dafür.« Er wurde wütend, konnte Ulrich es sich nicht denken?

Hans Stimme überschlug sich fast vor Erregung. Er fühlte sich in diesem Moment wie damals, ungerecht behandelt. Ulrich musste doch klar sein, dass er als Kind nicht alles machen konnte, wozu er bereit gewesen wäre, und die Eltern hatten den Kontakt verboten, auch seine Eltern. Dass auch er damals verletzt war, dass auch er Schmerzen davon trug, sogar von den Eltern in seinem Schmerz allein gelassen wurde, dass sein Bruder ihn einen ›Feigling‹ nannte.

Erst jetzt bemerkte er, dass er dies nicht nur dachte, sondern laut herausschrie. Und er war wütend, auf die Eltern, auf sich und Ulrich. Er stürzte sich auf den Freund, stieß ihn zu Boden und begann auf ihn einzuschlagen. Ulrich wehrte sich ebenso heftig. Die beiden Freunde prügelten sich.

Es brauchte eine Weile, bis andere Strandgänger die beiden Männer voneinander trennten. Sie saßen mit einigem Abstand auf dem Boden, bedeckt mit feuchtem Sand, gebrochenen Muschelschalen, Flecken der Gischt und Tränen. Die, die sie trennten, schüttelten nur den Kopf und ließen sie schließlich am Strand zurück.

Ulrich erhob sich als Erster. Er klopfte sich den Strand von der Kleidung, schloss seinen Hemdkragen, nahm einen Stock aus dem Strandgut zur Hand und schrieb etwas in den Sand. Dann folgte er, den Stock haltend, wortlos an Hans vorbei der Richtung, in welche ihre Frauen gingen. Sie hatten von ihrem Streit nichts mitbekommen. Hans stand auf und ging zu der Stelle, an welcher Ulrich in den Sand geschrieben hatte.

›Heute hat mich mein bester Freund erneut geschlagen‹

Im Hotel traf er Ulrich während des Urlaubs nicht mehr. Die wenigen Begegnungen fanden am Strand oder auf der Straße im Dorf statt, sie nickten sich kurz zu. Ute versuchte immer wieder herauszufinden, was zwischen den beiden Männern vorgefallen war. Hans mauerte nur und so gab sie es schließlich auf.

»Hans, kannst du mal ans Telefon kommen, da will dich ein Herr Volkmann sprechen!«, hörte er Ute von unten rufen.

»Wer?«

»Volkmann.«

»Kenn ich nicht.«

»Komm bitte mal ans Telefon!«

»Was wollen Sie denn verkaufen?«, blaffte er ins Telefon.

Auf der anderen Seite wurde laut gelacht.

»Tut mir leid, aber ich will Ihnen wirklich nichts verkaufen.«, die Stimme wurde ernst.

»Sind Sie denn Hans, der Freund von Ulrich?«

»Wer will das wissen?«

Hans begann nervös zu werden.

»Wie ich Ihrer Frau schon sagte, mein Name ist Volkmann, Dr. Rüdiger Volkmann. Ich bin leitender Oberarzt am Klinikum und wir haben Ihren Freund als Patienten. Er bittet sie darum ihn in den nächsten Tagen einmal zu besuchen. Zimmer 4006.«

Wie die alte Postleitzahl ihrer Kindheit. Hans durchfuhr eine Hitzewelle.

Er wartete nicht, fuhr noch am Abend ins Klinikum. Je näher er dem Zimmer kam, umso langsamer ging er den langen Korridor hinunter. Später war er sich sicher, hätte eine Schwester nicht die Tür zum Zimmer geöffnet, noch immer stünde er davor.

»Sie können ruhig eintreten, ich bin fertig«, lächelte die Schwester ihm zu.

Ulrich lag am Fenster, Zweibettzimmer, beide Betten belegt. Er sah grau aus, abgemagert, obwohl sein Körper bedeckt war. Hans erschrak.

»Hallo Ulrich.«

In seinem Hals saß der Kloß. Ulrich öffnete die Augen, erkannte Hans und lächelte.

»Schön dich zu sehen.«

»Was ist los, warum finde ich dich hier?«

»Meine Leber arbeitet nicht mehr gut. Die glauben, ich brauche eine Neue.«

Die Stimme war nicht mehr kraftvoll, der Strand war weit weg.

»Wer hat dir Bescheid gesagt?«

»Ein Dr. Volkmann. Dein Arzt?«

»Nein, eigentlich nicht, er ist mein Schwiegersohn. Ich hatte ihm mal unsere Geschichte erzählt.«

Nach rund einer Stunde kam die Schwester ins Zimmer und machte Hans darauf aufmerksam, dass die offizielle Besuchszeit jetzt zu Ende sei. Hans war spät gekommen, er könne aber ab zehn Uhr am folgenden Tag wieder kommen. Er versprach Ulrich ihn schnellstens wieder zu besuchen und hielt sein Versprechen. Schon am nächsten Abend war er zurück. Er verbrachte bis zum Rauswurf seine Zeit bei Ulrich. Die Besuche wiederholte Hans täglich.

»Auf ein Wort«, sprach ihn der entgegenkommende Arzt an. Dr. Rüdiger Volkmann stand auf dem Namensschild.

»Herr Dr. Volkmann, guten Abend«, erwiderte Hans.

»Haben Sie einen Moment Zeit?«

Er führte ihn in einen kleinen Besprechungsraum der Station, füllte beiden eine Tasse mit Kaffee und setzte sich ihm gegenüber.

»Sie wissen, dass ich sein Schwiegersohn bin?«

»Ja, Ulrich hat es mir gesagt. Können Sie mir sagen, wie es um ihn steht, was wirklich Sache ist?«

Ungewollt vernahm Hans ein Flehen in seiner eigenen Stimme.

»Eigentlich darf ich das nicht«, schien er zu überlegen und fuhr fort.

»Er sprach immer sehr überzeugt von ihrer Freundschaft, damals als Kinder. Ihnen hat er wohl auch die heftige Narbe am Hals zu verdanken. Schon gut, das ist längst kein Problem mehr für meinen Schwiegervater. Ich werde Ihnen sagen, was möglich ist. Sie wissen ja von ihm selbst, seine Leber arbeitet nicht richtig. Sie wird mit der Zeit ausfallen, es sei denn, er findet eine Spenderleber. Bisher ist das aber noch nicht gelungen.«

Hans schluckte.

»Gibt es denn überhaupt Aussichten, die Zahl der Spender ist doch so klein.«

»Ja«, sagte Volkmann, »da liegt das Problem. Es wäre auch eine Lebendspende möglich, aber nur von nahen Verwandten und in extremen Ausnahmefällen von sehr, sehr guten Freunden.«

»Er will meine Leber?«, nicht nur seine Stimme drückte das Erschrecken aus.

»Nein, er weiß nichts von unserem Gespräch.«

Die Stimme des Arztes blieb ruhig.

»Es ist schwer eine passende Leber zu finden, und es geht auch nur um einen Teil einer Leber, nicht etwa eine ganze. Sie würde sich auch wieder nach einer Entnahme erholen. Ich möchte Sie einfach nur bitten, um Ihrer Freundschaft willen, wenn Sie es so wollen, überlegen Sie es sich, ob Sie sich testen lassen wollen. Und keine Angst, ich dränge Sie auch nicht und ich verstehe Ihre Zurückhaltung. Überlegen Sie es sich einfach nur.«

Hans wich dem Blick von Volkmann aus.

»Sie verlangen viel.«

»Eine Bitte, sprechen Sie nicht mit Ulrich darüber, er weiß von meiner Suche nach Alternativen nichts.«

»Wann brauchen Sie eine Antwort?«

Qual lag in seiner Stimme.

Hans benötigte Tage, um den Mut zu finden, mit Ute über Volkmanns Wunsch zu sprechen. Ute war pragmatisch und googelte gleich los. Innerhalb kürzester Zeit fand sie Argumente dafür und dagegen. Aber auch sie hatte keine Lösung für Hans Misere. Nach wie vor besuchte er Ulrich im Klinikum, sie sprachen lange und vertraut und tauschten alles miteinander aus, alle Geheimnisse, Wünsche und Erlebnisse der letzten Jahrzehnte. Oft spürte Hans das Gefühl von damals wieder. Doch wusste er nicht, ob er diese seinem

Freund in der Sicherheit erzählte, sie würden nie verbreitet und verraten werden.

Volkmann sprach ihn nicht mehr auf eine Spende an. Ab und zu sahen Sie sich auf dem Flur, Volkmann gab ihm dann einen kurzen Bericht zum Zustand seines Freundes. Längst erkannte Hans, es ging bergab.

»Würden Sie mich testen?«

Ihn überraschten seine Worte wohl selbst, denn sein Blick an diesem Abend schoss verstört über den leeren Flur.

Volkmann lächelte, schien aber nicht unbedingt erstaunt.

»Gerne, ginge es schon morgen?«

Hans nickte wortlos.

»Geht es um zehn?«

Jetzt ließ Volkmann nicht locker. Er nickte erneut, drehte sich um und ging Richtung Ausgang.

»Bis morgen«, murmelte er.

Ute fragte ihn nur: »Wie lange weißt du es schon?«

Er zuckte mit den Achseln und schwieg. Es gab nichts mehr zu sagen. Die Tests ließ er über sich ergehen, ebenso alle weiteren vorgeschriebenen Maßnahmen und bis zum Ergebnis blieb er nervös und unruhig, wie ein Schüler, der auf das Ergebnis der Klassenarbeit wartet. Als das Ergebnis kam, fühlte er sich so leicht wie ein schwebender Ballon. Er vereinbarte mit Volkmann, dass man Ulrich vorerst nicht sagen würde, wer der Spender sei. Trotzdem hatte Volkmann einige Mühe, alles im Klinikum so zu organisieren, dass nichts durch einen dummen Zufall herauskam. Aber es ging gut, nur Ulrich wunderte sich und fragte auch. Hans erschien einige Tage nicht.

Die OP klappte, das Team brachte volle Leistung an den Tisch und der behandelnde Arzt konnte Ulrich gute Aussichten nach der OP geben. Er würde wieder ein gutes Leben, auch mit seinen Freunden, führen können.

»Du bist lange nicht dagewesen. Warst du krank? Siehst irgendwie mitgenommen aus.«

Hans gab nur ausweichende Antworten und vermied es, ausführlich über den Erfolg der OP zu sprechen. Nach Ulrichs Entlassung aus dem Klinikum sahen sie sich nicht mehr so häufig.

Ulrich und Ingrid luden einige Wochen später Ute und Hans zum Kaffee ein. Der Nachmittag verlief angenehm, die Frauen auch längst miteinander befreundet, wenn auch nicht so intim wie Hans und Ulrich.

Später nahm Ulrich Hans mit in sein Arbeitszimmer und gab ihm einen Stein. Er erkannte darauf eine Gravur, ausgeführt in tiefem Blau. Hans las:

»Mein bester Freund hat mir das Leben gerettet.«

Er schluckte, blickte fragend zu Ulrich.

»Weißt du am Strand, da habe ich dich geschlagen, da habe ich dich wieder verletzt. Am Strand hast du deine Wut in den Sand geschrieben, warum jetzt dieser Stein?«

Ulrich lächelte.

»Es richtig, du hast mich verletzt, gekränkt, vielleicht auch beleidigt mit deinem Verhalten. Solche Dinge schreibe ich in den Sand. Der Wind wird die Worte wieder verwehen, löscht die Verletzungen. Aber du hast etwas getan, dass für uns beide gut ist. Deshalb habe ich es in einen Stein graviert, kein Wind wird es jemals auslöschen.«

Alle elf Minuten verliebt sich ...

von Karlheinz Wende

»Aber in Ihrer Werbung heißt es doch, alle elf Minuten verliebt sich ein Mitglied unseres Instituts. Und ich gehöre jetzt schließlich schon elf Monate zu Ihren Kunden.«

»*Herr Jeh*, unsere Werbung ist völlig korrekt und die Aussage ist statistisch abgesichert.«

»Statistik!«, echote er nur mit leicht höhnischem Unterton, »Trau keiner Statistik, die du nicht selbst gefälscht hast. Das war schon einer der ersten Sätze, den man nach Entschlüsselung der Hieroglyphen aus dem Altägyptischen übersetzen konnte.«

»Ich muss doch schon sehr bitten!«

»Na ja, ich will nicht kleinlich oder haarspalterisch sein, aber irgendwie formuliert ihre Werbung ja selbst ihre eigene Schwäche. Alle elf Minuten verliebt sich einer. Verliebt sich denn in den Verliebten auch jemand? Davon ist nämlich nicht die Rede. Aber davon abgesehen, in dem fast einen Jahr, in dem ich hierherkomme, habe weder ich mich verliebt, noch hat sich jemand in mich verliebt. Alleine ich müsste ihre Statistik so weit runter ziehen, dass das mit den elf Minuten nie und nimmer hinhauen kann!«

»Ihr ›Fall‹, wenn ich das mal so formulieren darf, ist ja nun auch nicht gerade einfach. Sie sind äußerst wählerisch und extrem kritisch. Immerhin habe ich Ihnen ja eine ganze Menge Damen vorgestellt. Darf ich Ihnen mal unsere Bemühungen der letzten Monate ins Gedächtnis rufen, *Herr Jeh*?

An *Funda Mental*, dieser hübschen jungen Frau mit türkischen Wurzeln, gefiel Ihnen nicht, dass sie Kopftuchträgerin ist. *Ina Czeptabel* aus Tschechien sprach Ihnen zu gebrochen Deutsch. *Emmi Nenz* wirkte auf Sie zu distanziert. Gut, ich gebe zu, dass in einem Fall unser Angebot an Sie sicherlich nicht optimal war. Sie hatten in Ihrem selbsterstellten Profil darauf hingewiesen, Wert auf körperliche Nähe und eine gewisse Körperlichkeit zu legen. Da war *Zoe Libat* nun vermutlich nicht der richtige Griff, wenn ich das mal so sagen darf.«

»Nee, zum Greifen war da auch nix!«

»So hatte ich das allerdings nicht gemeint! Aber sehen wir mal weiter!

An *Ina Lieren*, *Anna Nass*, *Edith Jon* und *Winnie Peg* hatten Sie das eine oder andere auszusetzen, dass ein näheres Kennenlernen von Anfang an unmöglich machte. Und selbst diese kleine, bezaubernde *Sofie So* aus Korea war Ihnen nicht recht.«

»Dann vergessen Sie aber bitte nicht, auch *Vera Schen* zu erwähnen, fast als Hochstaplerin zu bezeichnen und *Anna Tomie*, die aussah, als sei sie einem drittklassigen Pornofilm entsprungen!«

»Aber, ...«

»Nein, nein, nein! Ich glaube, ich habe diese Damen besser kennengelernt als Sie durch Ihre Profilstudien!«

»Ich darf Sie jetzt mal auf unsere erfolgreichen Vermittlungen der letzten Wochen aufmerksam machen. Erst letzten Monat ist uns die Stiftung einer geradezu international zu bezeichnenden Ehe gelungen zwischen einer Schweizerin und einem Israeli. Und das hier mitten im Ruhrgebiet! Die Verbindung *Regula Tor* und *Uri Nal* ist doch fast durch alle Zeitungen gegangen.

Verlobungen von *Niko Tin* mit *Cate Ring*, von *Maxi Mal* mit *Heide Kraut*, von *Axel Haar* mit *Lotte Rie*, von ...«

»Apropos Lotte! Entschuldigen Sie, wenn ich Sie unterbreche, aber diese *Lotta Leben*, die Sie mir da vor ein paar Wochen andrehen wollten ...«

»Also jetzt reicht es mir aber langsam! Ich drehe hier niemandem was an! Hier geht alles nach streng wissenschaftlichen Grundsätzen!«

»Gut, ich bitte um Entschuldigung für meine Formulierung! Aber bei dem Date mit *Mimi Krie* habe ich offen gestanden Ihre wissenschaftlichen Grundsätze auch nicht erkennen können.«

»Die ist mittlerweile in einer sehr engen Beziehung mit *Mark Stück* und zwischen *Buck Stein*, der auch sehr interessiert an ihr war, und *Marie Nade* bahnt sich gerade etwas an, ebenso zwischen *Jack Pott* und *Minna Rett*, die Sie ja auch kennen müssten«

»Wenn ich ehrlich sein soll, wirklich gefallen hat mir eigentlich nur diese nette kleine Italienerin, diese *Viola da Gamba*! Aber die musste sich ja diesem *Thor Pfosten* an den Hals schmeißen!«

»Nein, da verwechseln Sie jetzt etwas! Es handelte sich um *Will Kommen*! Ach Quatsch, was erzähle ich da! Es war natürlich *Ben Ebel*!

Wollen wir aber mal wieder zu Ihnen kommen! Hier ist die Akte von *Baller, Ina*!

Nein, ich glaube, das ist nicht die Richtige für Sie!

Thea Time, war mal mit einem Engländer verheiratet, trifft sich morgen mit *Otto Dox*. Dann wäre da im Moment nur noch eine sehr nette Dame mittleren Alters aus Litauen, eine gewisse Frau Napectoris, *Angie Napectoris*. Möchten Sie die vielleicht nächsten Mittwoch um 19 Uhr im Café Canem treffen?«

»Ach, wissen Sie, man könnte es ja auch mal mit 'nem Mann probieren. Heutzutage sieht man das ja glücklicherweise nicht mehr so eng. Also dieser *Mick Erig* oder dieser Einar, wie heißt denn der noch mal?«

»Sie meinen *Einar Getnoch*?«

»Ja, genau, also die könnten mir schon gefallen!«

Von einem entfernten Geliebten

von Karl Kreifelts

Désirée, Du heiß geliebte,
Deine Wohnstatt ist der siebte
Himmel, Wolke Nummer 7,
dort wär ich so gern geblieben.
Ach, wie fehlen Deine warme
Stimme, Deine zarten Arme,
die an Deine Brust mich führen
und meine Hormone rühren!
Ach, wie tat Dein roter Mund
honigsüße Worte kund!
O, wie konnte er sich fügen,
sich an meine Lippen schmiegen,
wenn er mich so zärtlich küsste,
dieser Ringmuskel der Lüste!
Ja, wie Deine schmalen Hüften
sinnliche Verwirrung stiften!
Und der kleine Nabeltrichter
fesselt den entzückten Dichter
Désirée, Du Meistgeliebte,
dies ist heute schon das siebte
Liebesschreiben, das ich schrieb.
Sei so gut und hab mich lieb!
Nein, ich kann nicht länger bleiben:
Ich muss noch siebzehn andere schreiben!

Marie

von Frank Hönl

Marie drängte eilig, inmitten einer Menschentraube, in die Buchhandlung. Wie die meisten war sie heute ohne Regenschirm vor die Tür gegangen. Es war kein Niederschlag durch ihre Wetterapp angesagt worden und ein solches Teil war ihr bei den Besorgungen nur im Weg. Der Inhaber der Buchhandlung würde sich sicher freuen. Wenn man erst mal drin war, kaufte man vielleicht auch eine Kleinigkeit.

Sie begab sich in den hinteren Teil und fuhr sich durch das feuchte Haar.

»Warum nicht fünf Minuten später?«

Ihre Stirn kräuselte sich.

»Ich war schon fast im Parkhaus.«

Sie blickte an sich hinab. Wenige Augenblicke hatten gereicht, um sie ungemütlich nass werden zu lassen.

»Hoffentlich dauert es nicht zu lange«, wünschte sie sich.

Sie schaute auf das Regal neben sich. Ratgeber zum Kochen, Backen und Handwerken. Nichts Interessantes für sie.

Es war kurz nach vierzehn Uhr. Wenn sie es schaffte, in einer Stunde zu Hause zu sein, war noch nichts verloren. Es standen nämlich der Kontrollanruf beim Partyservice und eine letzte Anprobe ihres Hochzeitskleides an. Mutter wollte kommen, um die letzten Details zu besprechen. Am Wochenende durfte auf gar keinen Fall etwas schiefgehen.

Überhaupt nahm diese Hochzeit viel zu viel Zeit in Anspruch. Sie ertappte sich dabei, froh zu sein, wenn alles vorbei war. Durfte man als Braut so denken? Seit Wochen hatte sie das Gefühl, sich zu verzetteln. Immerhin war sie es gewesen, die auf der vollen Palette bestand. Große Gesellschaft, Hochzeitskutsche, kleine Mädchen die

Rosenblätter streuten usw. Tausend Kleinigkeiten, die eine Heirat zu einem Mega-Event aufbliesen.

Tim wäre auch mit einer standesamtlichen Hochzeit, mit anschließendem Zug durch die Gemeinde, zufrieden gewesen. Sie war es schließlich, die alle zu einem solchen Spektakel drängte.

»Augen zu und durch«, munterte sie sich auf, »wenn ich die nächsten Tage überstehe, wird es toll werden.«

Sie blickte zum Eingang. Noch verließ niemand den Laden. Was bedeutete, dass es noch regnete.

»Wenn du schon mal hier bist, dann kannst du auch ein wenig stöbern«, gestattete sie sich.

Sie schob sich an den anderen Kunden vorbei, an Geschenkkarten für jeden Anlass, Kalender in allen Formen und Farben, das Sachbuch des Monats und eine Schnäppchenecke. Dann erreichte sie den Taschenbuchbereich. Science-Fiction und Fantasy gefielen ihr schon besser. Sie ließ ihren Blick über die Buchrücken gleiten. Nach der Hochzeit würde sie wieder mehr Zeit zum Lesen haben. Es fehlte ihr, sich in fremde Welten zu entführen.

Tims neuestes Hobby, wenn man bei ihm überhaupt von Hobby sprechen konnte, war Angeln. Irgendwann vor zwei Monaten war er mit einem Kollegen mitgegangen und seither Feuer und Flamme. Leider hielten diese Begeisterungsstürme, oder sollte sie lieber ›Gott sei Dank‹ sagen, meist nur wenige Monate an. Was war alles schon dagewesen. Tischtennis, Modelleisenbahn, Malen (er besaß nicht das geringste künstlerische Talent), Airbrush, Foto usw.

Im Großen und Ganzen konnte sie gut damit leben. Es war besser einen Mann zu haben, der sich im Monatstakt für etwas Anderes interessierte, als einen, wie Isabell immer sagte, ›Sofamann‹ zu heiraten. Problematisch wurde es nur deshalb, weil sich Tim umgehend mit einem ›Starterkit‹ auszurüsten pflegte. Kistenweise derart notwendiger Equipments stapelten sich in ihrem Keller. Dazu verdammt, irgendwann auf dem Sperrmüll oder bestenfalls bei Ebay zu landen. Es gab öfter Diskussionen zwischen ihnen, ob es wirklich so laufen musste, die jedoch immer im großen Universum der unerledigten Themen verpufften.

Sie kannten sich jetzt schon knapp zehn Jahre. Tim war ihre erste große Liebe und seither hatte sie ihre Beziehung nicht in Frage gestellt. Wahrscheinlich gab es an jedem Partner etwas auszusetzen. Eine Seite mit der man leben musste. Wie Kinderkrankheiten oder Zahnarztbesuche. Ihr Blick suchte den Auslagentisch neben ihr ab. Sofort fiel ihr ein Riesenwälzer ins Auge. ›Die Geheimnisse des Hochseeangelns‹. Der Gedanke, dass derartige Geheimnisse hier für jeden sichtbar zu haben waren, spülte ein Lächeln auf ihr Gesicht. Sie wollte das Buch zur Hand nehmen, brach ihr Vorhaben aber mittendrin ab. Das Teil war mit einer Hand, zumindest nicht einfach mal so, zu handeln. Sie stellte die Tasche mit ihren bisherigen Einkäufen vor sich und packte ihn mit beiden Händen. Ein Blick auf die Rückseite des aufwendigen Einbandes genügte, um zwei Dinge zu wissen. Bei einem Preis von fünfundsechzig Euro brauchte sie das Buch eigentlich nicht mehr zu öffnen und selbst Tim war eine derartige Geldanlage, während eines erzwungenen Aufenthaltes in einer Bücherei, nicht wert.

»Sie interessieren sich für das Hochseeangeln?«

Marie fuhr herum. Vor ihr standen die leuchtendsten Augen, die sie jemals in ihrem Leben gesehen hatte. Dunkelblau wie der Ozean selbst und seine Haare schienen wie schwarze Wellen auf ihnen zu tanzen.

»Ich — nun — ich meine ...«, stammelte sie und bemerke im selben Moment, dass sie ihn anstarrte.

Marie senkte den Blick auf den Wälzer, was ihr schwerfiel und rang sich zu einem deutlichen ›Nein‹ durch.

»Ich denke, es könnte ein Geschenk für jemand anderen sein.« Jemand anderen? Sie hatte es sich für ihren Verlobten ansehen wollen. Den Mann, den sie am Wochenende zu heiraten gedachte.

Ein paar Monsterwellen später saß sie mit Mirko im Café des Buchladens. Draußen regnete es noch immer und sie hatten beschlossen gemeinsam auf Besserung zu warten.

Doch was tat sie hier? Sie hatte keine Zeit, noch reichlich Termine, würde ihre Mutter versetzen und obendrein ihre gesamte Terminsituation verschärfen, nur um mit ihm einen Kaffee zu trinken. Doch das alles war eine Sache, irgendwie gehörte es sich auch nicht.

›Gehörte sich nicht‹, sie hörte Oma reden.

Sie tat doch gar nichts Schlimmes! Wieso dachte sie überhaupt darüber nach. Warum titschten ihre Gedanken überhaupt hin und her wie ein Tischtennisball? Sie fühlte sich, als wäre sie an einem sonnigen Tag von einem Bus auf dem Gehweg erfasst worden. Von einer Sekunde auf die andere, aus einer heilen und funktionierenden Welt in eine andere ... ja was, geworfen worden. Mit derartigen Situationen hatte sie keine Erfahrung seit sie in der siebten Klasse von Benjamin Kohlmann nach der Schule auf ein Eis eingeladen worden war. Bei zwei Bällchen Himbeereis hatte er ihr dann seine Liebe gestanden und sie war anschließend nach Hause gelaufen, um alles brandheiß ihrer Mutter zu erzählen. Meine Güte, Benjamin Kohlmann, wieso dachte sie nach so vielen Jahren an ihn? Nein, sie kam einfach nicht in diese ›Ich-Lerne-Einen-Fremden-Kennen-Situationen‹.

Doch sie war hier. Genau in diesem Moment saß sie mit einem völlig fremden Mann in diesem Café, nur weil der sie gefragt hatte.

Seine Einladung hatte sie widerspruchslos angenommen, unfähig zu einer unverfänglichen Antwort wie: »Tut mir leid, ich muss weiter.«

Sie ertappte sich, wie sie jedes seiner Worte genoss. Wie sie sich in seiner ungeteilten Aufmerksamkeit sonnte. Er war herrlich entspannt. Seine Sätze fügten sich zusammen wie ein Puzzleteil zum Anderen.

Sie war nicht als Königin des Smalltalk bekannt, doch jetzt, an diesem Tisch und in dieser Welt, wurde sie von einer Leichtigkeit getragen, und das, obwohl sie nicht mit einem Wort die Hochzeit, Tim oder andere substanzielle Dinge aus ihrem Leben berichtete. Es war gleichermaßen beruhigend wie Baldrian und anregend wie ein Rockkonzert.

Wann hatte sie mit Tim das letzte Mal einen solchen Augenblick erlebt? Konnte es sein, dass Maßstäbe sich derart einfach verschoben?

»Ich muss gleich kurz zu Post. Wir könnten anschließend noch was essen gehen«, unterbrach er ihre Gedanken.

Das Gehörte explodierte in ihrem Gehirn und ihre Hormone fuhren Achterbahn.

»Nein, ich muss jetzt wirklich los. Bin sowieso schon spät dran«, sollte sie sagen.

Stattdessen brachte sie keinen Ton heraus. Sah ihn nur an. Diese herrlich vollen Lippen, das dunkle Haar und diese Stimme, so samtig weich und tief, wie ein dunkler Bergsee in dem man zu ertrinken droht.

Noch tausende andere Antworten rasten durch ihren Kopf. Vom einfachen »Nein«, bis hin zu aufwendigen Erklärungen wie »Meine Tante ist heute den letzten Tag zu Besuch und ich muss sie noch …«

»Na, wie sieht es aus?«, fragte der stille und tiefe Bergsee.

Wenig später hörte sie sich durch tausend in Zuckerguss getränkte Wattebällchen in ihr Handy sagen: »Hi Mom, ich werde es heute wohl nicht schaffen.«

Die Autoren

Birgit Granzow

Birgit Granzow schreibt Kurzgeschichten und Politthriller. Die Rheinländerin studierte in Berlin und arbeitete als Lektorin und Lehrbeauftragte in Seoul, Südkorea. Sie interessiert sich für Stadtkultur, Hörspiel und Fotografie.

Frank Hönl

Hauptberuflich Projektleiter, schreibt der Düsseldorfer Autor und Science-Fiction Fan vorwiegend Kurzgeschichten und Erzählungen aus dem Bereich der Phantastik. Da die meisten seiner Texte auf Reisen entstehen, ist der Laptop sein ständiger Begleiter. Auf langen Autofahrten vertreiben ihm Hörbücher von Stephen King oder Michael Crichton die Langeweile.

Valerie Kreifelts

Geboren 1987, absolvierte sie ein Studium der Biologie und Forensic Sciences. Sie engagiert sich im Bereich des Puppenspiels und schreibt mit Vorliebe Geschichten im Genre der Phantastik.

Karl Kreifelts

Beruflich lebt er von der Hand in den Mund als promovierter, niedergelassener Zahnarzt. Er hat vielfältige Hobbies; neben dem Fußball spielt er Violine und Viola, Gitarre und Bass, singt im Extrachor der Deutschen Oper am Rhein und komponiert klassische Musik. Und schreibt kleine, launige Geschichten.

Tilmann Schipper

Tilmann Schipper, geboren 1957 am Niederrhein. Lebt in Düsseldorf. Schreibt ca. 30 Jahre u.a. Theaterstücke für Puppenbühnen. Seit einigen Jahren, wenn es die Zeit erlaubt, Beschäftigung mit dem literarischen Schreiben. Mitglied der Gruppe SatzZeichen. Bisher Veröffentlichung von Kurzgeschichten gemeinsam mit weiteren Autoren in Themen-Anthologien.

Geertje Wallasch

Autorin und Publizistin, ist im Medienbereich unterwegs und bloggt auf ihrer Website wandelsinn.de über Gott und die Welt.

Sie sei eine Networkerin, beschrieb man sie vor kurzem. Das mag so stimmen, weil es im Wandel der Zeit unumgänglich ist, besonders in der Medienbranche. Jedoch ist sie sehr gerne im ›analogen Netz‹ unterwegs, wie z.B. in Kunstsalons, die gerade wieder aufleben. Darüber schreibt sie inzwischen öfter mal mit einer fiktiven Note. Dieser Wandel zwischen kreativem Schreiben und Berichten, Essays, Reportagen motiviert zu mehr.

Karlheinz Wende

Karlheinz Wende, Jahrgang 1949, fast 40 Jahre Lehrer und Schulleiter an Duisburger Grundschulen. Vater von vier Kindern und zum momentanen Zeitpunkt Großvater von vier Enkeln.

Überzeugter Hundehalter und leidenschaftlicher Hundesportler (Agility + RO).

Die Freude am Schreiben begann nach der Pensionierung durch das Verfassen kurzer Geschichten über Enkelkinder, Hunde und Erlebnisse aus dem Alltag.

Illustrationen

Gisela Schipper

Erzieherin. Die Begeisterung für das Malen begann schon im Kindesalter und blieb erhalten. Künstlerische Betätigung bedeutet für sie die Erfordernis der ständigen Neugier, Herausforderungen durch und Auseinandersetzungen mit unterschiedlichen Maltechniken und Materialien, Fantasie, das Erleben der Freude und die Beruhigung der Seele. Dabei lässt sie sich immer wieder auf ein neues Wagnis ein, damit am Ende ein ›Kunstwerk‹ entsteht.

Im Sommer 2010 hatte sie das Glück, ganz intensiv mit dem Künstler Harald Naegli während einer Sommerakademie zusammen arbeiten zu können.

FSC
www.fsc.org
MIX
Papier | Fördert
gute Waldnutzung
FSC® C083411

Zeitfracht Medien GmbH
Ferdinand-Jühlke-Straße 7
99095 Erfurt, Deutschland
produktsicherheit@kolibri360.de